Novelas inacabadas

Os Watsons
e Sanditon

Jane Austen

Novelas inacabadas

Os Watsons e Sanditon

tradução
Ivo Barroso

apresentação
Raquel Sallaberry

Editora Nova Fronteira Participações S.A.
Rua Nova Jerusalém, 345 — Bonsucesso
Rio de Janeiro — RJ — CEP: 21042-235
Tel.: (21) 3882-8200 — Fax: (21) 3882-8212/8313
http://www.ediouro.com.br
e-mail: sac@novafronteira.com.br

CIP-BRASIL. CATALOGAÇÃO NA FONTE
SINDICATO NACIONAL DOS EDITORES DE LIVROS, RJ

A95n Austen, Jane, 1775-1817
Novelas inacabadas — os Watsons e Sanditon / Jane Austen; tradução: Ivo Barroso; apresentação: Raquel Sallaberry. Rio de Janeiro: Nova Fronteira, 2013.
23 cm

Tradução de: The Watsons; Sanditon
ISBN 978-85-209-2984-1

1. Ficção inglesa. I. Barroso, Ivo, 1929-. II. Título.

12-7207
CDD: 823
CDU: 821.111-3

Nota editorial

Os Watsons e *Sanditon* são duas histórias que Jane Austen deixou inacabadas e que até então permaneciam inéditas em língua portuguesa. A Nova Fronteira tem agora a satisfação de apresentá-las ao público brasileiro na bela e cuidada tradução de seu maior intérprete e estudioso entre nós, o poeta Ivo Barroso. Ressalve-se desde já que, embora inacabadas, essas novelas resumem toda a grandiosidade da arte narrativa de sua autora, permitindo-nos a oportunidade de estar em contato novamente com o fascinante universo das personagens de Jane Austen, que há tanto tempo encanta gerações de leitores em todo o mundo.

O livro também conta com dois estudos, um sobre cada novela, de Raquel Sallaberry, apaixonada pela autora e exímia pesquisadora de sua literatura. Essas novelas desde muito tiveram edições em língua inglesa, e algumas delas foram "completadas" por outras mãos que não as de Jane Austen. Nossa edição primou pela fidedignidade, fomos até onde a autora foi, em observância a um texto reconhecido e respeitado pela crítica.

Talvez um leitor mais desavisado fique refletindo sobre a validade dos trabalhos, digamos, inacabados de escritores. Num primeiro ímpeto, o nome de Jane Austen suplanta qualquer indagação e garante, sem sombra de dúvida, a validade da leitura. Mas ainda assim, o leitor verá com seus próprios olhos que aqui estão, sobretudo mediante a descrição sempre primorosa e aguda das personagens, delineados a sociedade em questão, os códigos de conduta, a universalidade das inquietudes e dos sentimentos humanos, e a força das protagonistas/heroínas de Jane.

Uma família sem futuro

O manuscrito

Razão e sentimento, *Orgulho e preconceito*, *Emma*, *Mansfield Park*, *A abadia de Northanger* e *Persuasão* tornaram Jane Austen uma das mais conhecidas e admiradas escritoras da língua inglesa, ao lado de Shakespeare.

Pouco conhecidas fora da Inglaterra, porém, estão sua juvenília — na maioria peças satíricas, escritas para divertimento da família e amigos — e duas novelas inacabadas: *Os Watsons* e *Sanditon*, apresentadas nesta edição com a tradução do poeta e escritor Ivo Barroso.

Supõe-se que o rascunho de *Os Watsons* tenha sido escrito — e deliberadamente não acabado — no período em que Austen morou em Bath, entre 1801 e 1806.

Seu sobrinho e primeiro biógrafo, James Edward Austen-Leigh, que conviveu com ela já adulto, publicou *Os Watsons* mais de cinquenta anos depois da morte da autora. Ele inseriu a história na segunda edição da sua biografia, *A Memoir of Jane Austen*, de 1871, em que afirma não saber a data precisa da escritura de *Os Watsons*, situando-a entre 1803 e 1805, guiado apenas pelo seu conhecimento do estilo da autora, mais maduro nesse período, e entre 1803 e 1804, pelas marcas-d'água nos manuscritos.

Com inúmeras correções da autora, o manuscrito[1] foi abandonado em estágio inicial, como descreve James Edward:

[1] O fac-símile do manuscrito e suas transcrições podem ser consultados em: SUTHERLAND, Kathryn (org.). *Jane Austen's Fiction Manuscripts: a Digital Edition*, 2010. Disponível em: <http://www.janeausten.ac.uk>.

> Este trabalho foi deixado por sua autora como um fragmento sem título, e num estágio bem elementar, não tendo nem divisões em capítulos. [...] Eu o nomeei *Os Watsons*, para ter um título pelo qual designá-lo.[2]

Cassandra, irmã e herdeira de Jane Austen, legou o manuscrito de *Os Watsons* à sobrinha, Caroline Mary Craven Austen, filha do irmão mais velho da escritora e irmã de James Edward.

Caroline por sua vez deixou *Os Watsons* para o sobrinho William Austen-Leigh, que em abril de 1915 doou 12 páginas do manuscrito a um leilão de caridade da Cruz Vermelha, durante a Primeira Guerra Mundial. O lote foi arrematado por *lady* Alice Ludlow e, em 1925, comprado pelo banqueiro e filantropo norte-americano J.P. Morgan Jr. Essas páginas hoje fazem parte do acervo da Morgan Library, em Nova York.

A maior parte do manuscrito permaneceu com a família Austen-Leigh até 1978, quando foi vendida para o British Rail Pension Fund. Dez anos mais tarde foi leiloada, e dessa vez adquirida por *Sir* Peter Michael, empreendedor e colecionador de arte, que a manteve em depósito na Queen Mary University of London. Essa parte, composta de 68 páginas, pertence atualmente à Bodleian Library, da Universidade de Oxford, que a adquiriu em leilão realizado na Sotheby's de Londres em julho de 2011.

---

[2] AUSTEN-LEIGH, James Edward. *A Memoir of Jane Austen*. Londres: Richard Bentley & Son, 1886, p. 295.

O texto: introdução comentada

Os Watsons são uma família: o pai, um clérigo viúvo e adoentado, dois filhos, um deles casado, e quatro filhas solteiras. A filha mais nova, Emma Watson, volta para a casa paterna depois de ter morado com uma tia rica. De criação mais refinada, a protagonista fica mortificada ao tomar conhecimento pela irmã mais velha, Elizabeth, do comportamento das outras duas irmãs na busca desesperada por um marido. Emma chega à cidade às vésperas do primeiro baile de inverno, o acontecimento mais importante da vizinhança. O baile coloca a heroína no centro das atenções, ao mesmo tempo que vai revelando o perfil da sociedade local em suas pequenas atitudes.

Leitores e admiradores de Jane Austen podem se perguntar por que a autora abandonou uma história que parece tão promissora quanto as de seus outros livros.

Nas cartas remanescentes de Austen não há uma só palavra sobre o assunto. De acordo com o que James Edward Austen-Leigh afirma, na segunda edição da biografia, Cassandra devia conhecer os motivos:

> Quando a irmã da autora, Cassandra, mostrou o manuscrito desta obra a algumas das sobrinhas, disse a elas saber algo sobre a continuação da história, dado que com essa querida irmã — mais, creio, do que com qualquer outro — parece que Jane havia falado livremente dos trabalhos que tinha em mãos. O sr. Watson morreria em breve e Emma ficaria forçada a depender da mesquinharia do irmão e da cunhada para ter

uma casa. Recusara o casamento proposto por lorde Osborne, e o maior interesse da novela seria derivado do amor de *lady* Osborne pelo sr. Howard, que por sua vez estava enamorado de Emma, com quem afinal se casa.[3]

O sobrinho também especula sobre o motivo de a autora ter abandonado o rascunho:

> Na minha opinião, que é somente um palpite, a autora deu-se conta do perigo de ter colocado sua heroína numa condição social muito baixa, em tal posição de pobreza e obscuridade que, embora não relacionada com a vulgaridade, tem a lamentável tendência em degenerar para tal.[4]

Considerada moralista e improvável, tal opinião não é compartilhada pela maioria dos estudiosos da obra de Jane Austen, tendo em vista outros personagens criados em situações de pobreza semelhante ou maior do que a de Emma Watson — srta. Bates, em *Emma*, ou a família de Fanny Price, em *Mansfield Park*, por exemplo.

Já o desfecho de *Os Watsons* contado por Cassandra e comparado com algumas circunstâncias vividas por Jane na época — a morte do pai e de sua grande amiga madame Lefroy em 1804 (no dia do aniversário da autora), dificuldades financeiras e a necessidade de morar com parentes — torna plausível a possibilidade de Jane ter desistido não só por ser um período muito triste e difícil de sua vida, mas também para não ser mal-interpretada pela família, tendo em vista pontos do enredo muito próximos de suas vidas.

---

[3] AUSTEN-LEIGH, James Edward. *A Memoir of Jane Austen*. Londres: Richard Bentley & Son, 1886, p. 364.

[4] Ibid., p. 296.

Quando finalmente fixou residência em Chawton e retomou o trabalho, Jane Austen iniciou novas histórias, o que leva a crer que tenha abandonado o manuscrito. De qualquer modo, é interessante entrever detalhes de *Os Watsons* em outros livros.

Apesar das similaridades, *Os Watsons* não parece ser o embrião da novela *Emma*, como o entendia o editor R.W. Chapman. A história é completamente diferente, e mesmo as heroínas são diferentes entre si, apesar dos nomes, da beleza e da inteligência. Emma Watson é uma moça educada, de família respeitada, mas pobre; e Emma Woodhouse, sabe-se logo na abertura do livro que leva seu prenome, é "bela, inteligente e rica".

Das semelhanças, duas são mais evidentes: a condição dos pais das heroínas e a opinião dos personagens sobre solteironas.

O sr. Watson e o sr. Woodhouse têm em comum a saúde frágil e a tendência para a hipocondria, e ambos morrem cedo. Jane comentava com a família o suposto destino dos personagens depois dos livros publicados. O sr. Woodhouse, por exemplo, teria morrido dois anos depois do casamento de Emma com o sr. Knightley.

A morte do pai, no entanto, tem resultados opostos para as heroínas. Emma Watson perde sua liberdade, tendo de ir morar com a cunhada e o irmão; e Emma Woodhouse, que morava com o marido na casa de seu pai, fica livre para viver na nova residência de casada.

Ficar solteira e não ter uma renda pessoal era um problema familiar grave na Inglaterra do século XVIII. Não existiam trabalhos considerados adequados para moças de certo nível social, e quem ficasse nessa situação estaria sempre à mercê da generosidade ou da mesquinharia alheias.

Emma Woodhouse explica para sua amiga Harriet Smith, uma moça sem dote, a diferença de ser uma solteirona rica ou pobre:

> Não se preocupe, Harriet, não serei uma pobre solteirona; e é a pobreza apenas o que torna o celibato lastimável para almas generosas! Uma mulher solteira com uma renda muito baixa pode ser uma solteirona ridícula e desagradável [...].[5]

Da mesma forma a irmã mais velha de Emma Watson, Elizabeth, já com 28 anos, adverte a irmã sobre as dificuldades de ser pobre e acabar solteira:

> Eu poderia passar muito bem sozinha... uma boa companhia e um baile agradável de vez em quando seriam o bastante para mim, se alguém pudesse permanecer jovem para sempre, mas nosso pai não pode nos sustentar a vida inteira, e é muito desagradável ficar velha e ser pobre e ridicularizada.

Num mundo cheio de normas para os relacionamentos pessoais, os eventos sociais adquiriam suma importância. Os bailes públicos eram a oportunidade de conhecer pessoas fora de seu círculo familiar e social, e provavelmente uma das ocasiões mais propícias para namorar. E, naturalmente, casar.

O baile de *Os Watsons* é anunciado na primeira frase do livro, com data precisa: terça-feira, 13 de outubro. E as datas seguintes são todas derivadas da primeira: "o dia seguinte ao baile", "o terceiro dia depois do baile", "uma semana ou dez dias depois" etc. Podemos afirmar que o baile permeia quase toda a narrativa do livro.

Emma Watson foi a atração daquela noite de outubro não só por ser bonita, educada e "novidade", mas também por suas atitudes. Uma delas foi dançar com o menino Charles, a quem, uma semana antes, a srta. Osborne, a moça mais importante do local, havia

---

[5] AUSTEN, Jane. *Emma*. Tradução: Ivo Barroso. Rio de Janeiro: Nova Fronteira, 1996, p. 67.

prometido duas danças, descumpridas prontamente com a chegada do elegante coronel Beresford. O desapontamento do menino foi imenso, mas superado imediatamente pela alegria de ser convidado pela gentil srta. Emma. Foram o par mais notado da noite.

O episódio chamou a atenção da escritora Virginia Woolf, que o descreve como uma cena comum à primeira vista: "não há tragédia nem heroísmo", e que mesmo assim comove: "Jane Austen transmite-nos uma emoção muito mais profunda do que se vê na superfície. Sugere-nos completar o que não chegou até ali. O que ela nos oferece é aparentemente uma bagatela, composta, no entanto, de algo que se expande na mente do leitor e dota de duradouras formas de vida cenas que de outra forma pareceriam insignificantes."[6] A grande capacidade criativa de Jane Austen é que ela consegue, numa única cena, delinear inteiramente o caráter da personagem.

Um baile era mais do que um dia de festa. Um baile era assunto por um bom tempo. E um baile inacabado precisa ter continuidade!

A primeira sequência publicada dos livros de Jane Austen, tão comuns atualmente, foi baseada em *Os Watsons* e escrita por Catherine Hubback, sobrinha da autora. O livro, em três volumes, seguia o manuscrito original, e foi publicado em 1850 com o título de *The Younger Sister*. A neta de Catherine, Edith Brown, também publicou, em 1928, uma transcrição do manuscrito com parágrafos e pontuação em estilo moderno. Ainda desse período há uma continuação escrita por L. Oulton, *The Watsons: a Fragment by Jane Austen*, publicada em 1923.

[6] WOOLF, Virginia. *The Common Reader*. First Series, Annotated Edition. Boston: Mariner Books, 2002.

Em 1958, John Coates publicou uma sequência com o mesmo título, *The Watsons*, e diferentemente dos outros autores, modificou o manuscrito; entre as modificações, o nome da heroína passou a ser Emily, o que o autor justifica:

> Eu apresento três justificativas para isso: a conveniência dos leitores; as presumidas intenções da srta. Austen; e minhas próprias exigências para um livro no qual ambos, personagens e incidentes, deveriam ser novos, e não uma pálida imitação de personagens e incidentes que já tivessem ocorrido nos livros de Jane Austen.[7]

Entre as sequências mais modernas encontramos: *Emma Watson*, de Joan Aiken (1996), que acrescenta um novo herói, modificando assim o final indicado por Jane Austen; *The Watsons*, de Merryn Williams (2005), que tem um roteiro mais próximo do original; e *The Watsons, Jane Austen and Another Lady*, por Helen Baker (2011), que inicia a narrativa contando a vida de Emma Watson antes de seu retorno à casa do pai e também altera o casal principal.

Terminada a leitura da última frase, "Emma naturalmente não se deixou influenciar com tais argumentos, exceto por passar a nutrir ainda mais estima por Elizabeth, em virtude de suas observações, e os visitantes partiram sem ela.", e diferentemente da heroína Emma Watson, deixamo-nos influenciar pela história e vemos com pesar os personagens partirem sem nos levar.

Raquel Sallaberry

---

[7] AUSTEN, Jane; COATES, John. *The Watsons*. Nova York: Signet, 1977, p. 310.

Os Watsons

I

A primeira reunião social de inverno na cidade de D.,[1] em Surrey, estava marcada para a terça-feira, 13 de outubro, e havia grande expectativa de que seria muito animada. Contava-se como certa a presença de uma longa lista de pessoas do município, e alimentava-se grande esperança de que até a família Osborne estaria presente. E é claro que o convite habitual dos Edwards fora feito aos Watsons. Os Edwards eram pessoas de posses, que viviam na cidade e tinham carruagem própria. Os Watsons moravam num vilarejo cinco quilômetros distante dali, eram pobres e não dispunham de veículo fechado, mas, sempre que havia bailes na cidade, os primeiros costumavam convidar os últimos para se vestirem, cearem e dormirem em sua casa, em todos aqueles eventos mensais que ocorriam no inverno. Na presente ocasião, como apenas duas das filhas do sr. Watson estavam em casa, e uma delas era sempre necessária para fazer-lhe companhia, pois o sr. Watson estava doente e havia perdido a esposa, só a outra poderia valer-se da generosidade dos amigos. A srta. Emma Watson, que havia recentemente retornado a casa depois de passar algum tempo cuidando da tia que a criara, devia fazer sua primeira aparição pública entre a vizinhança, e sua irmã mais velha, para quem o prazer de participar de bailes não havia diminuído mesmo depois de frequentá-los por dez anos, teve o mérito de se encarregar de levá-la com todos os seus atavios, na velha charrete, à cidade de D., naquela importante manhã.

[1] Provavelmente Dorking, a principal cidade de Surrey. (N.T.)

Enquanto o veículo chafurdava pelo caminho barrento, Elizabeth, a mais velha, ia instruindo e advertindo sua irmã inexperiente:

— Garanto que vai ser um grande baile, e, em meio a tantos oficiais, certamente não lhe faltarão cavalheiros. Você vai ver que a criada da sra. Edwards estará sempre disposta a ajudá-la, e aconselho-a a pedir a opinião de Mary Edwards caso você se sinta insegura, pois ela tem muito bom gosto. Se o sr. Edwards não tiver perdido dinheiro nas cartas, você ficará por lá o tempo que quiser; se ele perder, talvez faça por apressar a sua volta... mas antes lhe assegurará uma bela refeição. Espero que você mantenha sua boa aparência. Não vou me surpreender se for considerada uma das moças mais bonitas do baile; a novidade sempre desperta muita atenção. Talvez Tom Musgrave irá notá-la; mas aconselho-a vivamente a não lhe dar quaisquer incentivos. Ele em geral se aproxima de todas as moças desconhecidas, mas é um grande namorador que não leva nada a sério.

— Acho que já ouvi você falar sobre ele antes — disse Emma. — Quem é mesmo?

— Um jovem de família rica, muito independente e de todo agradável, muito mimado aonde quer que vá. Todas as moças daqui estão ou já foram apaixonadas por ele. Creio que fui a única a escapar de coração ileso e, no entanto, fui a primeira a quem ele dedicou atenção quando veio aqui pela primeira vez, lá se vão seis anos. E que grande atenção me prestou! Alguns dizem que até então ele não parecia ter gostado tanto de uma moça, embora demonstrasse sempre uma especial atenção por uma ou outra.

— E por que o *seu* coração foi o único a se esfriar com ele? — perguntou Emma, sorrindo.

— Houve um motivo para isso — replicou Elizabeth, mudando de cor. — Nunca me senti muito bem entre eles, Emma. Espero que você tenha melhor sorte.

— Querida irmã, peço desculpas se lhe causei alguma tristeza sem querer.

— Quando encontramos Tom Musgrave pela primeira vez — continuou a outra, parecendo não ter ouvido —, eu estava muito afeiçoada a um moço de nome Purvis, amigo de nosso irmão Robert, e que costumava nos visitar com frequência. Todo mundo achava que formaríamos um belo par.

Um suspiro acompanhou essas palavras, que Emma respeitou em silêncio; mas a irmã, após breve pausa, continuou:

—Você naturalmente vai perguntar por que tudo não aconteceu e por que ele se casou com outra, enquanto eu permaneço solteira. Mas você deve perguntar a ele, e não a mim... deve perguntar a Penelope, nossa irmã. Sim, Emma, Penelope foi a causa de tudo. Ela acha que tudo é lícito quando se trata de arranjar marido. Confiei nela; ela o indispôs contra mim com o intuito de tê-lo para ela, o que o levou a interromper suas visitas e em seguida casar-se com outra. Penelope faz pouco de sua conduta, mas *eu* acho que essa traição foi muito má. Foi a ruína da minha felicidade. Nunca irei amar outro homem como amava Purvis. Não acho que Tom Musgrave possa se comparar a ele nos mesmos termos.

—Você me deixa chocada com o que falou sobre Penelope — disse Emma. — Uma irmã pode fazer tal coisa? Rivalidade, traição entre irmãs! Tenho medo de me relacionar com ela; mas espero que não tenha sido bem assim, embora as aparências estejam contra.

—Você não conhece a Penelope. Não há nada que ela não faça para se casar. Ela própria lhe diria isso. Não lhe confie segredo algum, ouça o meu conselho, não confie nela; ela tem lá suas qualidades, mas não tem princípios, nem honra, nem escrúpulos quando se trata de levar vantagem. Espero de todo o coração que ela faça um bom casamento. Juro que prefiro vê-la mais bem-casada do que eu mesma.

— Mais do que você! Bem, acho que posso imaginá-lo. Um coração ferido como o seu pode estar pouco propenso ao matrimônio.

— Não é bem assim, mas você sabe que devemos nos casar. Eu poderia passar muito bem sozinha... uma boa companhia e um baile agradável de vez em quando seriam o bastante para mim, se alguém pudesse permanecer jovem para sempre, mas nosso pai não pode nos sustentar a vida inteira, e é muito desagradável ficar velha e ser pobre e ridicularizada. Perdi o Purvis, é verdade, mas poucas são aquelas que se casam com seu primeiro amor. Não irei recusar um homem só por ele não ser o Purvis. Não que eu possa perdoar a Penelope inteiramente.

Emma balançou a cabeça em aquiescência.

— Contudo, Penelope tem tido os seus problemas — continuou Elizabeth. — Teve uma grande desilusão com Tom Musgrave, que afinal transferiu suas atenções de mim para ela e por quem ela estava apaixonada; mas, como ele nunca leva nada a sério, depois de se divertir com ela um bom tempo, começou a negligenciá-la pela Margaret, e a pobre Penelope ficou desesperada. E desde então vive procurando marido em Chichester; ela não nos dirá quem é o pretendido, mas creio que seja o velho e rico dr. Harding, tio da amiga que ela vai visitar; e ela teve grandes apuros com ele e gastou um tempo enorme até agora sem proveito. Um dia desses, quando ela foi lá, disse que era pela última vez. Suponho que você não saiba qual era o verdadeiro objetivo dela em

Chichester... nem imagina o que seria capaz de levá-la de Stanton justamente quando você está de volta a casa depois de tantos anos de ausência.

— Não, de fato, não tenho a menor suspeita do que seja. Considero uma verdadeira falta de sorte para mim que ela tenha tido um compromisso com a sra. Shaw justamente nesta ocasião. Esperava encontrar todas as nossas irmãs em casa e me tornar amiga de cada uma.

— Acho que o doutor teve um ataque de asma e que ela partiu às pressas por esse motivo. Os Shaws estão todos do lado dela. Pelo menos, assim creio, mas ela não me diz nada. Afirma que quer seguir seu próprio conselho; vive dizendo, e é a pura verdade, que "Cozinheiros demais estragam a sopa".

— Lamento que ela tenha tais ansiedades — disse Emma —, mas não me agradam seus planos e opiniões. Vou ter medo dela. Deve ser de temperamento muito masculino e audacioso. Estar assim tão propensa ao matrimônio — perseguir um homem simplesmente por causa de sua posição — é algo que me abala; não consigo compreender isso. A pobreza é um grande mal, mas para uma mulher instruída e sensível não deve ser, não pode ser o maior de todos. Preferiria ensinar numa escola (e não consigo pensar em nada pior) do que me casar com um homem de quem não gostasse.

— Preferiria fazer qualquer coisa, menos ser uma professora de escola — disse a irmã. — *Eu* estive na escola, Emma, e sei a vida que levam; *você* nunca esteve. Assim como você, eu não gostaria de me casar com um homem que não me agradasse, mas não acho que haja de fato tantos homens desagradáveis; creio que poderia gostar de qualquer homem de bom caráter e com uma renda adequada. Imagino que a tia tenha educado você para ser mais refinada.

— Na verdade, não sei. Minha conduta deve indicar a maneira como fui educada. Não posso julgá-la por mim mesma. Não posso comparar o método de minha tia com o de qualquer outra pessoa, porque não conheço mais ninguém.

— Mas posso ver em bom número de coisas que você é bastante refinada. Percebi desde o momento em que você chegou, e temo que isso não vá concorrer para a sua felicidade. Penelope irá debochar de você o tempo todo.

— Isso não concorrerá para a minha felicidade, estou certa. Se as minhas ideias estão erradas, devo corrigi-las; se estiverem acima da minha situação, deverei esforçar-me para ocultá-las. Mas duvido que sejam ridículas. A Penelope é muito espirituosa?

— Sim, ela é muito brilhante, e não se preocupa com o que diz.

— Margaret é mais delicada, suponho.

— É, principalmente quando acompanhada; faz-se toda doçura e cortesia quando alguém está por perto. Mas é um tanto irritável e perversa quando está só conosco. Pobre criatura! Está obcecada com a ideia de que Tom Musgrave se encontra profundamente apaixonado por ela, mais do que já foi por qualquer outra, e está sempre à espera de que ele se declare. Esta é a segunda vez nos últimos 12 meses que ela foi passar um mês com Robert e Jane com o propósito de encorajá-lo com sua ausência... mas estou certa de que se engana e de que ele não irá acompanhá-la a Croydon como fez em março. Ele nunca se casará, a menos que encontre alguém muito lá em cima: a srta. Osborne, talvez, ou alguém da mesma classe.

— Sua descrição desse Tom Musgrave, Elizabeth, me dá pouquíssima vontade de conhecê-lo.

— Não me admiro de que esteja com medo dele.

— Não, afirmo-lhe que não gosto dele e o desprezo.

— Não gosta e despreza o Tom Musgrave! Não, *isso* você jamais conseguirá. Desafio-a a não se sentir deliciada com a presença dele se acaso ele a notar no baile. Espero que ele dance com você... e creio mesmo que o fará, a menos que os Osbornes cheguem com um grande número de convidados, e então ele não vai dar atenção a mais ninguém.

— Parece ter maneiras fascinantes! — disse Emma. — Pois bem, veremos quão irresistíveis nos acharemos, esse Tom Musgrave e eu. Suponho que irei reconhecê-lo mal entre no salão; ele *deve* ter algo de seu encanto estampado na própria face.

— Você não irá encontrá-lo no salão, posso dizer-lhe. Você deve chegar bem cedo a fim de que a sra. Edwards encontre um bom lugar junto à lareira, e ele só chegará bem tarde; se os Osbornes forem, ele irá esperá-los no corredor para entrar com eles. Eu gostaria de poder acompanhá-la, Emma. Se nosso pai passar bem durante o dia, e assim que eu tiver preparado o chá para ele, será só o tempo de me agasalhar e pedir ao James que me traga de volta, e estarei com você logo ao começo do baile.

— Como? Você viria tarde da noite nesta charrete?

— Claro que viria! É isso, eu disse que você é muito refinada, e *aí* está um exemplo disso.

Emma por um momento não respondeu. Por fim, disse:

— Gostaria, Elizabeth, que você não tivesse feito tanta questão de que eu fosse a esse baile, preferia que você fosse em meu lugar. Você aproveitaria muito mais do que eu. Sou uma estranha aqui, e não conheço ninguém mais que os Edwards... o fato de que me divirta é muito dúbio. Você certamente se divertiria em meio às suas amizades. Mas não é tarde demais para mudarmos. Seria necessário apenas algumas desculpas junto aos Edwards, que certamente terão mais prazer em sua companhia do que na minha, e eu voltaria tranquilamente para ficar com papai; e não teria o menor receio de conduzir esta velha e tranquila alimária de volta para casa. Eu arranjaria um jeito de lhe mandar seus vestidos.

— Minha querida Emma — exclamou Elizabeth cordialmente —, você acha que eu faria isso? Por nada neste mundo! Mas nunca me esquecerei de sua bondade em me propor tal coisa. Você deve ter de fato uma natureza muito afável! Nunca vi nada igual! Você renunciaria mesmo ao baile para que eu pudesse ir a ele? Acredite-me, Emma, não sou tão egoísta como pode parecer. Não; embora seja nove anos mais velha que você, eu não seria a causa de impedir que os outros a vissem. Você é muito bonita, e seria muito desagradável que não tivesse uma oportunidade como todas nós. Não, Emma, se alguém vai ficar em casa neste inverno, não será você. Estou certa de que nunca perdoaria a pessoa que me impedisse de ir a um baile aos 19 anos.

Emma expressou-lhe sua gratidão, e por alguns minutos viajaram em silêncio. Elizabeth o rompeu:

— Preste atenção em quem dançar com Mary Edwards.

— Vou me lembrar de seus pares se puder... mas você sabe que eles são todos estranhos para mim.

— Observe apenas se ela dançar mais de uma vez com o capitão Hunter; minhas preocupações estão aí. Não que seus pais gostem de oficiais, mas, se ela gostar, então nosso Sam estará perdido... e eu prometi que escreveria a ele contando com quem ela dançou.

— Sam está interessado em Mary Edwards?

— Você não sabia *disso*?

— Como iria saber? Como iria saber em Shropshire as coisas desse gênero que estavam acontecendo aqui em Surrey? Não é passível que circunstâncias de tal delicadeza fizessem parte das escassas comunicações que foram trocadas por nós duas durante os últimos 14 anos.

— Admiro-me de não ter mencionado isso quando lhe escrevia. Desde que você voltou, tenho estado tão ocupada com nosso pobre pai e com tantas lavagens de roupa que não tive folga para lhe contar nada... mas, na verdade, concluí que você já sabia de tudo. Ele anda apaixonado por ela nesses dois anos, e é uma grande decepção para ele não poder estar sempre presente em nossos bailes, mas o sr. Curtis nem sempre pode dispensá-lo, justamente agora que há uma epidemia em Guildford.[2]

— Você acha que Mary Edwards tem uma queda por ele?

— Temo que não: você sabe, ela é filha única e vai ter uma renda de pelo menos dez mil libras.

— Mas mesmo assim poderia gostar de nosso irmão.

— Oh, não. Os Edwards querem coisa muito mais alta. Os pais jamais consentiriam. Sam não passa de um médico, bem sabe. Às vezes penso que ela gosta dele. Mas é um tanto afetada e discreta; nem sempre sei o que ela está buscando.

— A menos que Sam se sinta em terreno seguro com a própria moça, acho que seria de todo uma pena encorajá-lo a pensar nela.

— Um jovem deve sempre pensar em alguém — disse Elizabeth —, e por que ele não seria tão feliz quanto Robert, que arranjou uma boa mulher com um dote de seis mil libras de renda?

— Não devemos esperar uma boa sorte individualmente para todos nós — replicou Emma. — A sorte de um membro da família é sorte para todos.

— A minha está longe de vir, tenho certeza — disse Elizabeth, dando outro suspiro à lembrança de Purvis. — Tenho sido

[2] Jane Austen tinha escrito "Dorking" e depois corrigiu para Guildford. (N.T.)

infeliz demais, e quanto a você não tenho muito o que dizer, já que a nossa tia se casou de novo um tanto impensadamente. Bem... posso imaginar: você vai ter um baile ótimo. Na próxima curva já estaremos na estrada principal. Poderá ver a torre da igreja acima da vegetação, e o White Hart estará ali bem próximo... Vou ficar à espera de você me contar suas impressões do Tom Musgrave.

Esses foram os últimos sons audíveis da voz de Elizabeth Watson, antes de ganharem a estrada principal e entrarem no burburinho da cidade, onde a balbúrdia e os rumores tornavam praticamente impossível qualquer conversação. A velha égua trotava pesadamente, sem precisar de nenhum comando das rédeas para fazê-la virar no rumo certo, e só cometeu um único engano, ao se dispor a parar à porta da chapelaria antes de se dirigir à casa do sr. Edwards. O sr. Edwards morava na melhor casa da rua, e a melhor do lugar, se o sr. Tomlinson, o banqueiro, pudesse ser convencido a considerar fora do perímetro urbano a sua mansão, recém-edificada nos confins da cidade, com seus arvoredos e campos em volta.

A casa dos Edwards era mais alta do que a maioria das edificações vizinhas, com quatro janelas aos lados da entrada principal, janelas essas protegidas por armações de ferro e correntes, chegando-se à entrada por um lance de escada de pedras.

— Aqui estamos — disse Elizabeth, quando a charrete parou de se movimentar —, sãs e salvas; e, pelo relógio da praça, só levamos 35 minutos para vir, o que *me* parece bastante bom, embora para Penelope isso não seja nada. Não é uma cidade bonita? Os Edwards têm uma bela mansão, como vê, e vivem em grande estilo. A porta será aberta por um criado de libré com a cabeleira empoada, posso lhe garantir.

Emma só havia estado com os Edwards um dia, pela manhã, em Stanton, e eles eram portanto praticamente estranhos para ela;

e, embora seu espírito não fosse de modo algum insensível às esperadas alegrias daquela noite, ela sentiu um pequeno desconforto em imaginar tudo o que poderia vir antes delas. Sua conversa com Elizabeth, que lhe transmitiu também sentimentos desagradáveis a respeito de sua própria família, deixou-a mais vulnerável a impressões desgostosas de qualquer outra origem, aumentando-lhe seu embaraço de ter que entrar às pressas na intimidade de pessoas que ela conhecia tão pouco.

Nada havia nos modos da sra. e da srta. Edwards que a fizesse mudar imediatamente de ideia; a dona da casa, embora se mostrasse uma pessoa muito afável, mantinha um ar reservado, afetando uma cordialidade formal; e a filha, uma jovem de 22 anos, de boa aparência, com papelotes nos cabelos, parecia haver naturalmente adquirido algo do estilo daquela que a criou. Emma veio logo a conhecê-las melhor por si mesma, já que Elizabeth fora obrigada a voltar às pressas para casa... e não houve em seguida senão alguns comentários fracos, muito fracos sobre o provável esplendor do baile, que de tempo em tempo quebravam o silêncio de meia hora antes da chegada do dono da casa. O sr. Edwards tinha um ar muito mais desenvolto e comunicativo do que as senhoras da família; estava vindo da rua e pronto a contar tudo o que lhes pudesse interessar. Depois de uma cordial recepção de Emma, voltou-se para a filha e disse:

— Ouve, Mary, eu lhe trouxe boas notícias: os Osbornes virão certamente ao baile de hoje à noite. Foram ordenadas duas carruagens no White Hart para se apresentarem no castelo Osborne às nove da noite.

— Fico satisfeita com isso — observou a sra. Edwards —, porque a presença deles dará prestígio às nossas reuniões. Sabendo que os Osbornes estiveram no primeiro baile, um grande número de pessoas ficará motivado a comparecer ao segundo. É mais do que merecem, na verdade, já que não acrescentam nada aos prazeres da festa, pois chegam muito tarde e se vão embora muito cedo; mas as pessoas importantes têm sempre o seu encanto.

O sr. Edwards continuou relatando todas as pequenas novidades que seu passeio matinal lhe proporcionou, e conversaram com maior vivacidade até o momento em que a sra. Edwards saiu para vestir-se, recomendando cuidadosamente às jovens que não perdessem tempo. Emma foi conduzida a um aposento muito confortável e, assim que as cortesias da sra. Edwards a deixaram sozinha, as felizes preocupações com as alegrias preliminares de um baile começaram.

As jovens, vestindo-se de certa forma juntas, acabaram se conhecendo melhor: Emma encontrou na srta. Edwards uma demonstração de bom senso, um ânimo modesto e despretensioso e uma grande intenção de ser cortês; e, quando voltaram para a sala de visitas, onde a sra. Edwards estava sentada, respeitosamente envergando um de seus dois vestidos de cetim que usava durante o inverno e um chapéu que acabara de chegar da modista, entraram com muito mais desenvoltura e sorrisos mais naturais do que de lá haviam saído.

Seus vestidos deviam ser então examinados; a sra. Edwards reconhecia ser por demais antiquada para aprovar todas aquelas extravagâncias modernas, por mais adotadas que fossem, e, embora observando complacentemente o belo aspecto de sua filha, só lhe concedeu uma admiração mitigada; e o sr. Edwards, não menos satisfeito com Mary, fez com gentil galanteria alguns elogios a Emma, a despeito da filha. A discussão levou a observações mais pessoais, e Mary perguntou gentilmente a Emma se alguém já não a havia achado parecida com seu irmão mais novo. Emma julgou haver percebido um leve rubor acompanhando a pergunta e lhe pareceu que havia algo ainda mais suspeito na maneira pela qual o sr. Edwards retomou o assunto.

— Mary, você não está fazendo um grande elogio à srta. Emma — disse ele às pressas. — O sr. Sam Watson é um belo padrão de jovem, e acho mesmo que seja um excelente médico, mas sua compleição terá sido talvez demasiadamente exposta a todas as intempéries, o que impede de tornar lisonjeira qualquer comparação com ele.

Mary desculpou-se, um tanto confusa:

— Não tinha pensado que uma forte semelhança fosse de todo incompatível com os graus de beleza. Pode haver semelhanças na fisionomia, na compleição, e mesmo assim as feições podem ser muito diferentes.

— Nada sei sobre a beleza de meu irmão — disse Emma —, pois não o vejo desde que ele tinha sete anos... mas meu pai julga que somos parecidos.

— O sr. Watson! — exclamou o sr. Edwards. — Ora, isso me surpreende. Não há a menor semelhança neste mundo: os olhos de seu irmão são cinzentos, os seus castanhos; ele tem o rosto afilado e a boca ampla. Minha cara esposa, *você* percebe a menor semelhança que seja?

— Nenhuma, mesmo. Emma faz-me lembrar bastante sua irmã mais velha, e às vezes vejo nela alguns traços da Penelope... e, vez por outra, um sinal qualquer do sr. Robert... mas não consigo perceber nenhuma semelhança dela com o sr. Samuel.

— Vejo uma semelhança muito forte entre ela e a irmã, Elizabeth — replicou o sr. Edwards —, mas não com os demais. Penso que ela não se assemelha a ninguém mais da família *senão* Elizabeth, mas estou seguríssimo de que não há semelhança alguma entre ela e o Sam.

O assunto estava encerrado, e eles foram jantar.

— Seu pai, srta. Emma, é um de meus amigos mais antigos — disse o sr. Edwards, enquanto lhe servia vinho ao se reunirem ao redor da lareira desfrutando a sobremesa. — Devemos brindar pela melhora de sua saúde. Asseguro-lhe que é para mim uma grande inquietação sabê-lo tão inválido. Não conheço ninguém que goste mais de um carteado, socialmente falando, do que ele; e raras pessoas que saibam jogar uma partida decisiva com tanta honestidade. É mil vezes lamentável que esteja privado desse prazer. Porque temos agora um clubinho tranquilo de uíste que se reúne três vezes por semana no White Hart e, se ele estivesse saudável, como iria se divertir!

— Estou quase certa de que iria, senhor... e gostaria de todo o coração que ele estivesse apto para isso.

— Seu clube estaria mais apropriado para um inválido — disse a sra. Edwards — se não jogassem até tão tarde.

Era uma reclamação antiga.

— Tão tarde, querida? De que está você falando? — perguntou o marido, gracejando rudemente. — Estamos em casa sempre antes da meia-noite. Iriam criticar você no castelo Osborne por chamar *isso* de tarde; à meia-noite é que estão se levantando do jantar.

— Isso não vem ao caso — retornou a senhora, calmamente. — Os Osbornes não devem servir de regra para nós. O melhor seria que vocês se reunissem todas as noites e terminassem duas horas mais cedo.

A discussão chegava frequentemente até esse ponto, mas o sr. e a sra. Edwards eram bastante prudentes para nunca ultrapassá-lo. Então o sr. Edwards mudou de assunto; tinha vivido o bastante na ociosidade de uma cidadezinha para se tornar um tanto bisbilhoteiro, e, ansioso para saber um pouco mais sobre a situação de sua jovem hóspede do que já era de seu conhecimento, começou:

— Acho, srta. Emma, que me recordo muito bem de sua tia há uns trinta anos talvez; estou quase certo de que dancei com ela nos velhos bailes de Bath, um ano antes de casar-me. Naquele tempo era uma mulher muito bonita, mas suponho que, como todo mundo, ela tenha mudado um pouco com a idade. Espero que tenha sido feliz em seu segundo casamento.

— Também espero, senhor, acredito que sim — disse Emma, um tanto agitada.

— O sr. Turner não morreu há muito tempo, é verdade?

— Há cerca de dois anos, senhor.

— Esqueci como é o nome do atual.

— O'Brien.

— Irlandês! Ah, agora lembro que ela se mudou para a Irlanda. Não me admira você não querer ir com ela para *aquele* país, srta. Emma; mas para ela deve ter sido uma grande perda, pobre senhora!... depois de havê-la criado como se fosse sua própria filha.

— Não fui assim tão ingrata, sr. Edwards — disse Emma, generosamente —, de desejar algo que não fosse permanecer com ela. É que isso não agradava a eles, não agradava ao capitão O'Brien que eu fizesse parte da família.

— Capitão! — repetiu a sra. Edwards. — O cavalheiro então pertence ao Exército?

— Sim, minha senhora.

— É isso, não há nada como os oficiais para atraírem as mulheres, jovens ou velhas. Não há como resistir aos galões, minha cara.

— Espero que haja — disse a sra. Edwards, gravemente, com uma rápida olhada para a sua filha; e Emma acabara de se recuperar de seu próprio embaraço a tempo de ver um rubor nas faces da srta. Edwards, e, lembrando-se do que Elizabeth dissera a respeito do capitão Hunter, ficou pensativa e incerta entre a influência deste e a de seu irmão.

— As senhoras idosas deviam ter mais cuidado ao escolher um segundo marido — observou o sr. Edwards.

— Cautela e discrição não devem ser limitadas às senhoras idosas ou às segundas escolhas — acrescentou a esposa. — São totalmente necessárias nas jovens em sua primeira escolha.

— Até mais, minha cara — replicou ele —, porque as jovens provavelmente irão sentir os efeitos por mais tempo. Quando uma idosa banca a idiota, não é da natureza das coisas que ela sofra por muitos anos.

Emma levou a mão aos olhos, e o sr. Edwards, percebendo-o, mudou o assunto para algo menos afligente.

Sem outra coisa que fazer senão esperar a hora de se aprontarem, a tarde foi longa para as duas jovens; e, embora a srta. Edwards se mostrasse contrariada por a mãe fixar uma hora muito cedo para irem, mesmo essa hora prematura estava sendo esperada por elas com ansiedade.

A chegada do serviço de chá às sete horas produziu algum alívio, e por sorte o sr. e a sra. Edwards bebiam sempre uma xícara extra de chá e comiam uns bolinhos a mais quando iam ficar acordados até tarde, o que prolongou a cerimônia até quase o momento desejado.

Pouco antes das oito, ouviram passar a carruagem dos Tomlinsons, que era o costumeiro sinal para que a sra. Edwards ordenasse a vinda da sua própria; e em poucos minutos o grupo foi transportado da calma e do calor daquele confortável salão para o alvoroço, o alarido e as correntes de ar da ampla passagem da entrada de uma hospedaria.

A sra. Edwards, embora cuidadosamente preocupada com o próprio vestido, observava com ainda mais solicitude a boa disposição dos ombros e colos das jovens que conduzia, e deu entrada pela ampla escadaria, quando ainda nenhum rumor do baile, a não ser o afinar de um violino, chegava para deleitar os ouvidos de suas acompanhantes; e a srta. Edwards, arriscando a perguntar ansiosa se já havia chegado muita gente, ouviu do copeiro a resposta, que ela já esperava, de que a família Tomlinson já estava no salão.

Atravessando um pequeno corredor para chegar ao salão de baile brilhantemente iluminado à sua frente, foram recebidas por um jovem em trajes de passeio e botas, que estava parado à porta de um quarto, aparentemente com o propósito de vê-las passar.

— Oh! Sra. Edwards, como está a senhora? Como vai, srta. Edwards? — perguntou ele, com ar desenvolto. — Vejo que, como sempre, estão chegando em boa hora. Acabaram de acender as luzes.

— Sabe que eu aprecio um bom lugar junto à lareira, sr. Musgrave — replicou a sra. Edwards.

— Estava indo me vestir neste momento — disse ele. — Estava à espera do idiota do meu valete. Vamos ter um grande baile. Os Osbornes certamente virão; pode estar certa *disso*, pois estive com lorde Osborne esta manhã.

O grupo seguiu. O vestido de cetim da sra. Edwards arrastou-se pelo pavimento luzidio do salão até a lareira na outra extremidade, onde apenas um casal estava formalmente acomodado, enquanto três ou quatro oficiais circulavam juntos, entrando e saindo da sala de jogos contígua. Seguiram-se cumprimentos muito formais entre os vizinhos e, assim que ficaram devidamente acomodadas de novo, Emma, sussurrando como requeria a solenidade da cena, disse à srta. Edwards:

— O cavalheiro com o qual cruzamos era então o sr. Musgrave? Sei que o consideram extremamente simpático.

A srta. Edwards respondeu com hesitação:

— Sim, ele é muito admirado por bom número de pessoas. Mas *nós* não temos muita intimidade com ele.

— Ele é rico, não é?

— Tem cerca de oitocentas ou novecentas libras por ano, creio. Entrou na posse delas quando era ainda muito jovem, e meus pais acham que isso foi prejudicial para ele. Eles não o apreciam muito.

O aspecto frio e desolado da sala e a recatada fisionomia de um grupo de mulheres numa das extremidades logo começou a se desfazer com o som inspirador de outras carruagens que chegavam, e o acesso contínuo de robustas acompanhantes e fileiras de moças elegantemente vestidas recebiam as boas-vindas, com o surgimento vez por outra de algum novo cavalheiro desconhecido, que, quando não de todo comprometido em fazer par com alguma beldade, se mostrava satisfeito em escapar para a sala de jogos.

Dentre o crescente número de militares, houve um deles que então se encaminhou até a srta. Edwards e, com um ar de *empressement*,[3] lhe disse abruptamente:

— Sou o capitão Hunter.

E Emma, que não podia deixar de observá-la naquele momento, achou-a um tanto aflita, mas de forma alguma descontente, e ouviu que se comprometiam para as duas primeiras danças, o que a fez pensar em seu irmão Sam como um caso sem esperanças.

---

[3] Solicitude; em francês no original. (N.T.)

Emma, por sua vez, não deixara de ser observada e admirada. Não se podia menosprezar uma cara nova e, além disso, muito bonita. Seu nome era sussurrado entre as pessoas, e, mal deram à orquestra o sinal para iniciar com uma de suas peças favoritas, que parecia convocar os jovens ao dever e povoar o centro do salão, ela se viu comprometida a dançar com um colega oficial, apresentado pelo capitão Hunter.

Emma Watson não era mais alta que a média — bem-feita e robusta, tinha um ar de perfeita saúde. Tinha a pele bastante amorenada, mas clara, lisa e luminosa, o que, juntamente com uns olhos vivazes, um sorriso doce e uma expressão aberta, lhe dava uma beleza que atraía e uma expressão que fazia aumentar essa beleza com o convívio. Não tendo motivo para se mostrar insatisfeita com seu par, a noitada começou muito agradável para ela, e seus sentimentos coincidiam perfeitamente com as reiteradas observações dos demais de que se tratava de um baile excelente. As duas danças não haviam ainda terminado quando o rumor persistente de carruagens depois de uma longa interrupção despertou o interesse geral, e "Os Osbornes estão chegando, os Osbornes estão chegando!" era repetido em torno da sala. Após alguns minutos de extraordinária confusão externa e vigilante curiosidade interna, a importante comitiva, precedida pelo atento dono da hospedagem prestes a abrir uma porta que nunca estivera fechada, fez sua entrada no salão. O grupo consistia de *lady* Osborne; seu filho, lorde Osborne; sua filha, srta. Osborne; srta. Carr, amiga de sua filha; sr. Howard, ex-tutor de lorde Osborne, então vigário da paróquia do castelo; sra. Blake, a irmã viúva que morava com este; o filho dela, um belo garoto de dez anos; e sr. Tom Musgrave, que, provavelmente encerrado em seu próprio quarto, teria na última meia hora ouvido com amarga impaciência o som da música. Em sua caminhada para o salão, pararam quase bem por trás de Emma no intuito de receber os cumprimentos de alguns conhecidos, e ela ouviu *lady* Osborne observar que tinham feito questão de chegar mais cedo para gáudio do filho da sra. Blake, que era extraordinariamente apreciador de bailes. Emma observou todos enquanto passavam, mas principalmente e com mais interesse Tom Musgrave, que era certamente um jovem distinto e bem-apessoado. Quanto à parte feminina, *lady* Osborne era de longe a mais distinta do grupo: embora próxima dos cinquenta, era muito elegante e tinha toda a dignidade de sua posição social.

Lorde Osborne era um jovem muito educado, mas havia nele um ar de frieza, de indiferença e mesmo de constrangimento que parecia declará-lo fora de seu elemento num salão de baile. Tinha ido, na verdade, só porque lhe parecera oportuno agradar com sua presença a gente do lugar, pois não apreciava a companhia das mulheres e nunca dançava. O sr. Howard era um homem de aspecto simpático, de pouco mais que trinta anos.

Ao término das primeiras duas danças, Emma encontrou-se, não sabia como, sentada em meio ao grupo dos Osbornes; e viu-se logo atraída pelas maneiras finas e os gestos animados do rapazinho, enquanto ele estava defronte de sua mãe, ansioso por saber quando as danças recomeçariam.

— Você não se surpreenderá com a impaciência de Charles — disse a sra. Blake, uma senhora vivaz e simpática, miudinha, de seus 35 ou 36 anos, a outra senhora que estava a seu lado — quando souber quem é seu par para a próxima dança. A srta. Osborne foi muito gentil de prometer dançar as duas voltas seguintes com ele.

— Ah, foi sim! Ela se comprometeu comigo esta semana — exclamou o menino —, e vamos arrasar com os outros pares.

Do outro lado de Emma, a srta. Osborne, a srta. Carr e um grupo de rapazes estavam, de pé, empenhados numa animada discussão, e logo em seguida ela viu o mais elegante dos oficiais encaminhar-se em direção à orquestra para pedir a dança, enquanto a srta. Osborne, passando diante dela, disse às pressas ao pequeno cavalheiro expectante:

— Charles, peço desculpas por não manter meu compromisso, mas vou dançar estas duas voltas com o coronel Beresford. Sei que você vai me desculpar e certamente dançarei com você depois do chá.

E, sem esperar por resposta, voltou-se de novo para a srta. Carr, e um minuto depois estava sendo levada pelo coronel Beresford para abrirem a dança.

Se o rosto do pobre garoto tinha atraído a atenção de Emma quando estava contente, atraía muito mais agora, diante da imprevista decepção: era a própria imagem do desapontamento, com as faces coradas, lábios trêmulos, olhos voltados para o chão. A mãe, sufocando sua própria mortificação, tentava amenizar a dele, com a perspectiva da segunda promessa da srta. Osborne; mas, embora ele tivesse conseguido proferir num esforço de bravura infantil: "Oh! não estou me importando!", era evidente, pela incessante agitação de sua fisionomia, que se importava como nunca.

Emma não pensou nem refletiu: sentiu e agiu.

— Ficarei muito contente de dançar com o senhor, se me der o prazer — disse, estendendo-lhe a mão com a mais espontânea jovialidade.

O menino, readquirindo num momento toda a sua satisfação anterior, olhou satisfeito para a mãe, e, dando um passo à frente com um sincero e singelo "Muito obrigado, senhorita", mostrou-se pronto a se dedicar ao seu novo relacionamento. O reconhecimento da sra. Blake era ainda mais extenso: com um olhar muito expressivo de inesperada surpresa e viva gratidão, voltou-se para a vizinha com reiterados e ferventes agradecimentos por aquela gentileza tão grande e condescendente para com seu filho. Emma, com absoluta sinceridade, pôde assegurar-lhes que não lhes estaria concedendo mais satisfação do que ela própria sentia. E assim que Charles conseguiu calçar as luvas, e incumbido de mantê-las postas, eles se juntaram aos outros pares que rapidamente se formavam, provando ambos quase a mesma satisfação. Formavam um par que não podia ser notado sem surpresa. Receberam um olhar explícito da srta. Osborne e da srta. Carr quando estas passaram por eles dançando.

— Palavra de honra, Charles, você teve sorte — disse a srta. Osborne, ao passar por eles. — Conseguiu uma dama melhor do que eu.

— Foi — respondeu o felizardo Charles.

Tom Musgrave, que estava dançando com a srta. Carr, lançou sobre Emma muitos olhares inquisitivos; e pouco depois chegou o próprio lorde Osborne, e, sob o pretexto de falar a Charles, ficou parado olhando sua dama. Embora um tanto constrangida por estar sendo observada, Emma não se achava arrependida do que tinha feito, tal era a felicidade que causara ao menino e à mãe dele; esta última procurava continuamente oportunidades de se dirigir a ela com a mais calorosa cortesia. Ela percebeu que o seu pequeno par, embora se empenhasse principalmente na dança, não era incapaz de uma conversa, quando suas perguntas e observações lhe davam oportunidade de dizer algo; e ficou sabendo, por força de uma inevitável indagação, que ele tinha dois irmãos e uma irmã, que eles e a mãe viviam com seu tio em Wickstead — tio este que lhe ensinara latim —, que gostava muito de cavalgar e tinha um cavalo que lorde Osborne lhe dera de presente, e que já estivera uma vez caçando com lorde Osborne e seus cães.

Terminada a dança, Emma soube que era a hora do chá; a srta. Edwards aconselhou-a a estar preparada, de modo a fazê-la compreender como a sra. Edwards considerava muito importante tê-las ambas ao seu lado ao se dirigirem à sala de chá, e Emma estava alerta para se achar em posição apropriada. Era sempre um prazer para o grupo conceder-se um pouco de alvoroço e ajuntamento quando se reunia para os refrescos. A sala de chá era uma pequena repartição no interior da sala de jogos, e, ao atravessarem esta última, em que havia pouco espaço entre as mesas, a sra. Edwards e seu grupo sentiram-se por alguns momentos encurralados. Ocorreu próximo da mesa em que *lady* Osborne jogava cartas; o sr. Howard, que participava do jogo, voltou-se para o sobrinho, e Emma, percebendo que era ela o objeto das atenções de *lady* Osborne e dele, desviou os olhos a tempo de evitar parecer atenta ao que seu jovem par alegremente murmurava às claras:

— Oh! tio, olha aí a minha dama. Ela é tão bonita!

Dado que se puseram novamente em movimento, Charles seguiu apressado, sem ter podido receber a aprovação do tio. Ao entrarem na sala de chá, onde duas longas mesas estavam preparadas, podia-se ver o lorde Osborne completamente só na extremidade de uma delas, como se tivesse se afastado o máximo possível do baile para se comprazer com seus próprios pensamentos e bocejar livremente. Charles imediatamente apontou-o a Emma:

— Lá está o lorde Osborne! Vamos nos sentar nós dois ao lado dele.

— Não, nada disso. Você deve sentar-se com os meus amigos — retrucou Emma, rindo.

Agora Charles já se sentia à vontade para arriscar algumas perguntas por sua vez.

— Que horas já são?

— Onze horas.

— Onze! e não tenho sono algum. Mamãe disse que eu iria dormir antes das dez. Você acha que a srta. Osborne vai manter sua promessa comigo, depois de terminado o chá?

— Oh! sim... suponho que sim — respondeu Emma, embora não tivesse outro argumento melhor para oferecer senão o fato de que a srta. Osborne *não* tinha mantido a anterior.

— Quando você irá ao castelo Osborne?

— Provavelmente nunca. Não tenho relações com a família.

— Mas você pode ir a Wickstead para visitar minha mãe, e ela a levará ao castelo. Tem lá uma estranha e enorme raposa empalhada e um texugo; qualquer um diria que estão vivos. É pena se você não puder vê-los.

Ao se levantarem do chá, houve novamente um pequeno tumulto pela vontade de serem os primeiros a deixar a sala, acrescido dos movimentos de um ou dois grupos de jogadores que haviam interrompido as partidas e agora iam exatamente em sentido contrário. Entre estes estava o sr. Howard, com a irmã apoiada em seu braço, e, assim que alcançaram Emma, a sra. Blake, chamando sua atenção com um amável toque, disse:

— Sua bondade para com Charles, minha cara srta. Watson, conquistou toda a sua família. Permita-me apresentar-lhe meu irmão, o sr. Howard.

Emma fez uma reverência, o cavalheiro inclinou-se, pediu-lhe imediatamente a honra de sua mão para as duas próximas danças, e, mal a concessão foi dada, os dois seguiram em direções opostas. Emma sentia-se muito satisfeita com as circunstâncias;

o sr. Howard tinha um aspecto senhoril e serenamente cordial que lhe agradava, e poucos minutos depois o valor daquele convite cresceu, quando ela, sentada na sala de jogos e parcialmente oculta por uma porta, ouviu o lorde Osborne, que, reclinado na poltrona de uma mesa próxima dali, chamou Tom Musgrave para perto de si e disse-lhe:

— Por que você não dança com aquela bonita Emma Watson? Quero que você dance com ela, e darei um jeito de chegar junto de vocês.

— Estava decidido a fazê-lo neste exato momento, milorde; vou-me apresentar e dançar com ela imediatamente.

— Vá lá, e, se achar que ela não é de muita conversa, você poderá me apresentar um pouco depois.

— Muito bem, milorde. Se ela for igual às irmãs, só vai querer falar de si mesma. Vou agora mesmo. Devo encontrá-la na sala de chá. Aquela velha intratável da sra. Edwards nunca acaba com seu chá.

Lá se foi ele, lorde Osborne o seguiu; e Emma não perdeu tempo correndo de seu canto, exatamente pelo lado oposto, esquecendo-se de que na pressa estava deixando a sra. Edwards para trás.

— Havíamos perdido você — disse a sra. Edwards, que a encontrou, juntamente com Mary, em menos de cinco minutos. — Se você prefere esta sala à outra, não havia motivo para não ficar aqui, mas o melhor é ficarmos sempre juntas.

Emma ficou livre do embaraço de se desculpar com a chegada de Tom Musgrave, que, solicitando em voz alta à sra. Edwards a honra de apresentá-lo à srta. Emma Watson, deixou a boa senhora sem opção, embora tenha notado, pela frieza com que ela o atendeu, que a sra. Edwards estava relutante. A honra de dançar com ela foi solicitada sem perda de tempo, e Emma, ainda que pudesse apreciar ser considerada uma bela jovem tanto pelos nobres quanto pelos plebeus, estava tão pouco disposta em favor de Tom Musgrave que sentiu satisfação em alegar seu prévio compromisso. Ele ficou evidentemente surpreso e desconcertado. O estilo do último par de Emma certamente o levara a crer que ela não estivesse sobrecarregada de pedidos.

— Meu jovem amigo Charles Blake — disse ele — não deve esperar monopolizá-la por toda a noite. Jamais poderíamos tolerar tal coisa... é contra as regras do baile... e estou certo de que isso não teria a aprovação de nossa boa amiga aqui, a sra. Edwards, que é uma excelente juíza em matéria de etiqueta e não permitiria a quebra de uma norma tão perigosa.

— Não vou dançar com o jovem Charles Blake, senhor!

O cavalheiro, um tanto desconcertado, só pôde esperar que tivesse a sorte uma outra vez e, parecendo não querer deixá-la, embora seu amigo lorde Osborne estivesse esperando o resultado junto à porta — como Emma notou com certa satisfação —, começou a fazer perguntas cordiais sobre sua família.

— Como é possível que não tenhamos o prazer de ver suas irmãs aqui esta noite? Nossas festas têm sido habitualmente tão bem-consideradas por elas que não sabemos como interpretar tal negligência.

— Minha irmã mais velha é a única pessoa que estava em casa e não podia deixar meu pai a sós.

— Era a única que estava em casa! Isso me surpreende! Parece-me que foi anteontem mesmo que vi todas as três aqui na cidade. Mas temo que ultimamente eu tenha sido um péssimo vizinho. Aonde quer que eu vá, ouço severas repreensões pelas minhas negligências e confesso que há um vergonhoso tempo que não vou a Stanton. Mas *agora* farei todo o esforço possível para remediar o passado.

A tranquila reverência com que Emma respondeu deve tê-lo chocado bastante, pois lhe pareceu muito diversa das calorosas acolhidas que estava acostumado a receber de suas irmãs, e deu-lhe a sensação, provavelmente nova, de duvidar de sua própria influência e desejar da parte dela mais atenção do que ela lhe havia concedido. A dança havia recomeçado; a srta. Carr estava impaciente pela *chamada*, todos já estavam a postos... e Tom Musgrave teve sua curiosidade satisfeita ao ver que o sr. Howard avançou em direção a Emma e estendeu-lhe a mão.

— Para mim deu no mesmo — observou o lorde Osborne, quando seu amigo lhe trouxe a notícia, e nas duas danças sucessivas esteve continuamente nas proximidades de Howard.

A frequência de sua aparição ali foi a única parte desagradável do compromisso, a única objeção que poderia fazer ao sr. Howard. Quanto a este, achava-o tão agradável quanto parecia, e, embora conversando sobre os assuntos mais comuns, ele demonstrava um modo sensível e espontâneo de exprimir-se que os tornava todos dignos de serem ouvidos, e tudo o que ela lamentava é que ele não tivesse conseguido fazer as atitudes de seu pupilo tão irrepreensíveis quanto as suas. As duas voltas pareceram muito breves, e ela teve a autorizada confirmação de seu par quanto a isso. Ao terminarem a dança, os Osbornes e seu séquito se puseram em movimento.

— Lá vamos nós finalmente — disse o lorde a Tom. — Quanto tempo mais *você* pretende ficar neste lugar celestial? Até o amanhecer?

— Não, palavra de honra! milorde; já estou farto daqui. Posso assegurar-lhe que não voltarei à sala depois de ter a honra de acompanhar *lady* Osborne até a carruagem. Vou me retirar da maneira mais discreta possível para o ângulo mais remoto da casa, onde encomendarei um belo prato de ostras e ficarei à vontade.

— Apareça logo no castelo e diga-me como a senhorita se apresenta à luz do dia.

Emma e a sra. Blake se despediram como velhas amigas, e Charles tomou-lhe a mão e lhe desejou "até breve" pelo menos uma dúzia de vezes. Da srta. Osborne e da srta. Carr recebeu algo como um cumprimento formal ao passarem por ela; até *lady* Osborne deu-lhe um olhar de complacência, e sua senhoria, o lorde Osborne, voltou decidido, depois que os outros deixaram a sala, pedindo-lhe perdões e procurando, junto à cadeira da janela bem atrás de Emma, por suas luvas, as quais ele trazia visivelmente agarradas na mão. Como Tom Musgrave não fora mais visto, podemos supor que seus planos deram certo e imaginá-lo mortificando-se com seu prato de ostras numa triste solidão ou ajudando alegremente a proprietária do bar a preparar ponches para os felizes bailarinos de cima. Emma não pôde deixar de sentir a falta do grupo que a acolhera, embora sob certos aspectos de maneira desagradável, e as duas danças seguintes que encerraram o baile foram um tanto desanimadas em comparação com as outras. Como o sr. Edwards estava com sorte no jogo, eles eram dos últimos a permanecer na sala.

— Lá vamos nós de volta — disse Emma tristemente, ao seguir para a sala de jantar, onde havia mesa preparada e a impecável chefe das camareiras estava acendendo as velas.

— Minha cara srta. Edwards, como tudo acabou tão rápido! Quisera que tudo começasse de novo!

Foi com grande e cordial satisfação que expressou o prazer que a noitada lhe havia proporcionado, e o sr. Edwards mostrou-se igualmente caloroso ao elogiar a abundância, o esplendor e o espírito da festa, embora, por ter permanecido o tempo todo pregado na mesma mesa da mesma sala, tendo apenas uma vez trocado de cadeira, tudo levasse a crer que ele nem sequer tivesse se dado conta do que fora. Mas, como tinha ganhado quatro mãos em cinco, tudo correra muito bem. A filha valeu-se desse estado de ânimo satisfatório no curso dos comentários e retrospectivas que se seguiram enquanto saboreavam a sopa.

— Como é que você não chegou a dançar com nenhum dos srs. Tomlinson, Mary? — perguntou-lhe a mãe.

— Eu estava sempre comprometida quando eles me pediam para dançar.

— Pensei que você estivesse comprometida com o sr. James nas duas últimas danças. A sra. Tomlinson me disse que ele estava para convidá-la... e eu havia ouvido você dizer dois minutos antes que *não* estava comprometida.

— Sim, mas houve um engano. Eu me confundi. Não sabia que estava comprometida. Pensei que fosse para as duas voltas seguintes, se fôssemos ficar por mais tempo, mas o capitão Hunter me assegurou que o compromisso era mesmo para aquelas duas.

— Então você terminou o baile dançando com o capitão Hunter, Mary, não foi? — perguntou o pai. — E com quem começou?

— Com o capitão Hunter — foi a resposta em tom muito humilde.

— Hum! Isso significa par constante. Mas com quem mais você dançou?

— Com o sr. Norton e o sr. Styles.

— E quem são eles?

— O sr. Norton é primo do capitão Hunter.

— E quem é o sr. Styles?

— Um de seus amigos mais chegados.

— E todos do mesmo regimento — acrescentou a sra. Edwards. — Mary esteve rodeada de uniformes a noite inteira. Confesso que gostaria mais de tê-la visto dançando com algum de nossos costumeiros vizinhos.

— Sim, sim, não podemos negligenciar nossos vizinhos antigos. Mas, se esses oficiais são mais rápidos que as outras pessoas num salão de baile, o que as damas podem fazer?

— Meu caro, penso que não está certo elas se comprometerem com tantas danças de antemão — disse a sra. Edwards.

— Não, talvez não; mas eu me lembro, minha cara, de que nós já fizemos o mesmo.

A sra. Edwards não disse mais nada, e Mary voltou a respirar em paz. Seguiu-se um bom lapso de bem-humorada conversação, e Emma foi se deitar de espírito alegre e com a cabeça cheia dos Osbornes, dos Blakes e dos Howards.

II

A manhã subsequente foi de muitas visitas. As pessoas das vizinhanças estavam habituadas a ir à casa da sra. Edwards na manhã seguinte aos bailes, e esse costume local adquiria agora novo interesse pela curiosidade geral em relação a Emma, pois todos queriam ver de novo a moça que tinha sido admirada na noite anterior por lorde Osborne. Variadas eram as opiniões e vários os graus de aprovação com que era examinada. Alguns não lhe viram qualquer defeito, e outros não lhe viram beleza alguma. Para alguns a tonalidade morena de sua pele aniquilava com toda a sua graça, e outros não podiam admitir que ela tivesse sequer metade da beleza que sua irmã Elizabeth ostentava há dez anos passados. A manhã transcorreu rapidamente na discussão dos méritos do baile com a sucessão das pessoas visitantes, e Emma ficou perturbada ao se dar conta de que eram duas horas e até então não tivera notícia da charrete de casa. Nessa expectativa, foi duas vezes à janela para observar a rua e estava a ponto de pedir licença para se ausentar e fazer indagações, quando o leve som de uma carruagem indo em direção à porta acalmou seu espírito. Correu de novo à janela, mas, em vez do costumeiro e nada elegante meio de transporte de sua família, o que viu foi uma bela caleche de dois lugares. O sr. Musgrave foi logo depois anunciado, e a sra. Edwards mostrou seu olhar mais sisudo quando ouviu que o anunciavam. Sem se perturbar, no entanto, com seu ar de frieza, ele cumprimentou as senhoras uma por uma com uma naturalidade não afetada e, dirigindo-se diretamente a Emma, apresentou-lhe um bilhete, que ele "tinha a honra de trazer de sua irmã" e para o qual tinha o dever de acrescentar um *postscriptum* verbal de sua parte.

O bilhete, que Emma havia começado a ler um pouco *antes* que a sra. Edwards lhe pedisse para não fazer cerimônia, continha umas poucas palavras de Elizabeth informando que o pai, sentindo-se inesperadamente bem, tomara a súbita resolução de comparecer à periódica visita do bispo, e, como sua destinação ficava a grande distância de D., era impossível para ela estar de volta a casa senão na manhã seguinte; daí, a menos que os Edwards aquiescessem em transportá-la, o que era bastante improvável de se esperar, ela só poderia contar com alguma condução eventual ou não se importar de ir a pé aquele trecho. Emma ainda passava rapidamente os olhos pelo texto, quando se viu obrigada a ouvir os pormenores de Tom Musgrave.

— Recebi este bilhete das mãos gentis de Elizabeth há não mais que dez minutos — disse ele. — Encontrei-a em Stanton, para onde a minha boa estrela me inspirou a dirigir os meus cavalos; ela estava naquele momento procurando uma pessoa a quem entregar a incumbência, e tive a sorte de convencê-la de que não poderia encontrar um mensageiro mais disponível e veloz do que eu. Lembre-se de que não estou falando de meu próprio desinteresse. Minha recompensa será poder transportá-la a Stanton em minha caleche. Ainda que não estejam escritas, as instruções de sua irmã seriam precisamente estas.

Emma sentiu-se perturbada; não lhe agradava a proposta, não queria estar em termos de intimidade com o proponente, mas o temor de abusar da bondade dos Edwards e o desejo de voltar para casa sozinha deixavam-na sem saber como recusar a sua oferta. A sra. Edwards permanecia em silêncio, talvez por não compreender o problema ou por esperar para ver qual seria a inclinação da moça. Emma agradeceu-lhe, mas manifestou-se desejosa de não lhe causar tamanho incômodo. "O incômodo seria na verdade uma honra, um prazer, um deleite. Que iriam fazer ele e seus cavalos?" Ela continuava hesitante. Ela achava que devia recusar seu convite. Tinha algum receio daquele tipo de carruagem. A distância não era proibitiva para uma simples caminhada? A sra. Edwards quebrou o silêncio. Perguntou sobre o que estava ocorrendo e disse:

— Ficaríamos muito contentes, srta. Emma, se você nos desse o prazer de sua companhia até amanhã, mas, se isso não for de sua total conveniência, nossa carruagem estará inteiramente a seu serviço, e Mary terá a feliz oportunidade de rever sua irmã.

Era precisamente o que Emma estava esperando. Ela aceitou a oferta com extrema gratidão, acrescentando que, por estar Elizabeth inteiramente só em casa, era de seu desejo regressar pela hora do jantar. Esse plano foi ardentemente contrariado pelo visitante.

— Não posso de modo algum aceitar isso. Não devo ser privado da felicidade de acompanhá-la. Asseguro-lhe que não há a menor razão de recear os meus cavalos. Você mesma poderia guiá-los. Todas as *suas irmãs* sabem como são mansos; nenhuma delas teve o menor escrúpulo de se confiar a mim, até mesmo numa corrida. Creia-me — acrescentou ele, baixando a voz —, *você* estará inteiramente segura, o perigo é só *meu*.

Emma não se sentiu mais inclinada a agradecer-lhe por tudo isso.

— E, quanto a usar a carruagem da sra. Edwards no dia seguinte ao baile, é totalmente contrário às normas, posso assegurar-lhes que nunca se ouviu falar isto: o velho cocheiro ficará espantado como seus cavalos. Não é mesmo, srta. Mary?

Não se ouviu resposta. As senhoras permaneceram silentes, e o cavalheiro viu-se obrigado a se sujeitar.

— Que magnífico baile tivemos ontem à noite! — exclamou, depois de uma curta pausa. — Quanto tempo ainda ficaram depois que os Osbornes e eu saímos?

— Tivemos ainda mais duas danças.

— Penso que deve ter sido muito cansativo ficar assim até tarde. Imagino que no fim não restaram muitos pares.

— Mas, sim, tantos quanto no princípio, com exceção dos Osbornes. Parecia não haver lugar vazio em parte alguma, e todos dançavam com invulgar animação até o último instante.

Emma assim disse, embora lhe doesse a consciência.

— É mesmo! talvez eu tivesse podido convidá-la novamente, se eu soubesse que ia durar tanto; pois na verdade sou muito admirador dos bailes. A srta. Osborne é uma moça encantadora, não é mesmo?

— Não a acho exatamente bonita — replicou Emma, a quem a indagação fora principalmente dirigida.

— Talvez não seja exatamente bela, mas suas maneiras são encantadoras. E Fanny Carr é uma criaturinha muito interessante. Não se pode imaginar nada que seja mais *naïve* ou picante; e o que achou do *lorde Osborne*, srta. Watson?

— Que seria elegante mesmo se *não* fosse lorde e talvez que fosse mais educado, mais desejoso de agradar e mostrar-se simpático nos momentos oportunos.

— Meu Deus, está sendo muito severa com meu amigo! Asseguro-lhe que o lorde Osborne é uma pessoa muito correta.

— Não discuto suas virtudes, mas não me agradou seu ar indiferente.

— Se não fosse um abuso de confiança — replicou Tom com um olhar significativo —, talvez eu pudesse obter uma opinião mais favorável sobre o pobre Osborne.

Emma não lhe concedeu nenhuma abertura para prosseguir, e ele teve que manter o segredo de seu amigo. Foi igualmente obrigado a dar por terminada a visita, pois, tendo a sra. Edwards ordenado a carruagem, não havia tempo a perder por parte de Emma para os preparativos da partida. Mary, a srta. Edwards, acompanhou-a à casa; mas como era a hora do jantar em Stanton, lá permaneceu só por alguns minutos.

— Agora, minha querida Emma — disse a irmã Elizabeth, assim que ficaram a sós —, você vai ter que me contar tudo o dia inteiro, sem parar, pois de outra forma não ficarei satisfeita. Mas antes Nanny nos servirá o jantar. Pobre coitada! Não será um jantar como teve ontem, pois só temos uns bifes. Como a Mary Edwards estava bonita com seu manto novo! E agora me conte como todos lhe pareceram e o que devo dizer ao Sam. Comecei a escrever minha carta, e Jack Stokes virá buscá-la amanhã, pois seu tio deverá no dia seguinte viajar para cerca de um quilômetro e meio de Guildford.

Nanny levou o jantar.

—Vamos nos servir nós mesmas — continuou Elizabeth —, e assim não perderemos tempo. Com que então você não voltou para casa com o Tom Musgrave?

— Não.Você tinha me falado tão mal dele que não quis ficar lhe devendo um favor ou para evitar a intimidade que o uso de uma caleche poderia criar. Não me agradou sequer a aparência dela.

— Fez muito bem, embora eu me admire de sua recusa e ache que em seu lugar eu não conseguiria fazer o mesmo. Ele parecia tão ansioso para ir buscá-la que não pude dizer não, embora me ressentisse da ideia de estar aproximando vocês dois, conhecendo bem as manhas dele. Mas eu estava ansiosa por ver você, e era uma maneira engenhosa de trazê-la para casa; além do mais, não é necessário mostrar-se assim tão arredia. Ninguém poderia pensar que os Edwards lhe emprestariam sua carruagem depois de os cavalos terem sido usados até tarde. Mas, vamos lá, que devo dizer ao Sam?

— Se quer meu conselho, não lhe dê esperanças em relação a Mary Edwards. O pai está decididamente contra ele, a mãe não demonstra nenhuma propensão, e duvido que Mary tenha qualquer interesse por ele. Ela dançou duas vezes com o capitão Hunter, e pareceu-me que em geral ela lhe demonstra reciprocidade consistente com sua disposição e as circunstâncias em que se encontra. Ela uma vez fez menção a Sam e certamente com um certo embaraço, e isso talvez se devesse apenas ao fato de saber que ela lhe é agradável, o que muito provavelmente chegou ao seu conhecimento.

— Oh! minha cara! Claro que sim, ela já soube disso por nosso intermédio. Pobre Sam! falta-lhe sorte como a muitos outros. Juro-lhe, Emma, que não posso deixar de comover-me por aqueles que não são correspondidos no amor. Bem, agora comece a me fazer um relato de tudo o que aconteceu no baile.

Emma obedeceu-lhe, e Elizabeth ouviu, com pouquíssimas interrupções, até o momento em que o sr. Howard surgiu como seu par.

—Você dançou com o sr. Howard? Meu Deus! Não me diga! Pois ele é tido como um figurão. Não o achou muito presunçoso?

— Seu comportamento *me* passou muito mais confiança e naturalidade do que o de Tom Musgrave.

— Bem, continue. Eu me sentiria aterrorizada se tivesse que privar com alguém do grupo dos Osbornes.

Emma concluiu sua narrativa.

— E então você não dançou mesmo com Tom Musgrave? Mas você decerto gostou dele, deve ter-se sentido atraída, apesar de tudo.

— Eu *não* gosto dele, Elizabeth. Reconheço que tem um belo aspecto e uma boa postura, e que suas maneiras até certo ponto, principalmente seu modo de se dirigir a nós, possam ser agradáveis. Mas não vejo nada além disso para admirá-lo. Pelo contrário, parece-me muito vaidoso, muito cheio de si, tremendamente preocupado em dar-se ares e de todo desprezível em certas medidas que utiliza para isso. Há um quê de ridículo em torno dele que me diverte, mas sua companhia não me proporciona qualquer outra emoção que seja agradável.

— Minha querida Emma! Você é diferente de todo mundo! Ainda bem que Margaret não está aqui. Você não *me* ofende, embora eu tenha dificuldades em acreditar no que me diz, mas Margaret nunca lhe perdoaria tais palavras.

— Queria que Margaret o visse fingir que ignorava o fato de ela estar ausente da cidade; afirmou que achava que a vira uns dois dias antes.

— Ah, isso é típico dele; e, no entanto, é o homem que ela *imagina* estar loucamente apaixonado por ela. Não tenho grande admiração por ele, como você bem sabe, Emma; mas você deve achá-lo sem dúvida simpático. Você seria capaz de jurar com a mão no peito que não o acha?

— Sim, e mesmo com as duas e bem espalmadas até.

— Queria saber então qual o homem que *você* achou agradável.

— O nome dele é Howard.

— Howard! Meu Deus; não posso *imaginá-lo* senão como um parceiro de jogo de *lady* Osborne e todo orgulhoso disso. Devo confessar-lhe, no entanto, que para mim *foi* um alívio ouvir você falar daquela maneira sobre Tom Musgrave. Eu tinha a íntima apreensão de que pudesse gostar muito dele. Você falou de forma tão peremptória antes de conhecê-lo que fiquei tristemente apreensiva de que a sua prosápia viesse a puni-la. Só espero que prossiga assim e que ele não queira continuar a cortejá-la. É difícil para uma mulher resistir às lisonjas de um homem, quando ele está decidido a agradá-la.

Quando terminou a modesta refeição, transcorrida com calma e sociabilidade, Elizabeth não pôde deixar de observar o quanto fora harmoniosa.

— Para mim é tão agradável — disse ela — ver que tudo está correndo em paz e bom humor. Ninguém sabe o quanto odeio as discussões. Agora, embora tivéssemos apenas uma carne assada, como tudo me parece tão tranquilo. Quisera eu que todos fossem tão fáceis de satisfazer quanto você; mas a pobre Margaret é muito agressiva, e Penelope afirma que prefere brigar do que ficar calada.

O sr. Watson retornou à noitinha, sem ter piorado com a fadiga da viagem e, por isso, mostrando-se feliz com o que havia feito e alegre em poder comentá-lo junto à sua própria lareira. Emma não havia previsto que as ocorrências da visita lhe pudessem proporcionar algum interesse, mas, quando ouviu o pai dizer que o sr. Howard fizera o sermão e que ele era um excelente pregador, não pôde deixar de aguçar os ouvidos.

— Não me lembro de ter ouvido um sermão mais condizente com meus princípios — continuou o sr. Watson — ou que fosse mais bem-pronunciado. Ele lê extremamente bem, com grande propriedade, de modo muito expressivo e ao mesmo tempo sem pose ou exageros teatrais. Confesso que não aprecio muita gesticulação no púlpito; não gosto do ar estudado e das inflexões de voz artificiais que os nossos mais populares e apreciados pregadores geralmente usam. Uma leitura simples é muito mais propícia a inspirar devoção e demonstra um gosto mais apurado. O sr. Howard lê como um estudioso ou um cavalheiro.

— E que foi que o senhor comeu no jantar? — perguntou a filha mais velha.

Ele descreveu os pratos e mencionou os que ele próprio comera.

— No fim das contas — acrescentou —, passei um dia agradável. Meus velhos amigos se mostraram bastante surpresos com a minha presença entre eles, e devo dizer que todos me deram muita atenção e pareciam tristes de ver-me como inválido. Fizeram-me sentar junto à lareira, e, como as perdizes estivessem um tanto demasiado *faisandées*,[4] o dr. Richards mandou colocá-las no outro extremo da mesa, "para não molestarem o sr. Watson", o que achei muito gentil da parte dele. Mas o que mais me agradou foi a atenção que me deu o sr. Howard. Havia um pequeno lance de degraus, um tanto íngreme, que levava à sala de jantar, o qual não ia muito bem com a artrite no meu pé; pois o sr. Howard caminhou ao meu lado de um extremo ao outro, permitindo que eu me apoiasse em seu braço. O que me surpreendeu numa pessoa tão jovem, mesmo porque não era de se esperar tal gesto, já que nunca o havia visto antes. E, a propósito, ele me perguntou sobre uma de minhas filhas, mas não sei qual delas. Suponho que saibam entre vocês.

No terceiro dia após o baile, quando Nanny, aos cinco minutos para as três, estava começando a sua azáfama na sala de visita limpando as bandejas e o faqueiro, foi de repente chamada à porta de entrada pelo som de um bater seco que só o do castão de um

[4] Palavra francesa. Diz-se da carne de caça deixada de propósito em princípio de decomposição para ser degustada. (N.T.)

chicote poderia produzir; e, embora instruída por Elizabeth a não deixar ninguém entrar, voltou um minuto depois com um ar de embaraçada consternação para abrir a porta da sala a lorde Osborne e Tom Musgrave. Pode-se imaginar a surpresa das jovens. Visitante algum seria bem-vindo em tal momento, mas visitantes como aqueles — ou pelo menos como lorde Osborne, que era um nobre e um estranho — eram realmente aflitivos.

Ele próprio pareceu um tanto sem jeito, quando, ao ser apresentado por seu desenvolto e bem-falante amigo, murmurou algo como se permitindo a honra de ir fazer uma visita ao sr. Watson. Embora Emma não pudesse deixar de aceitar para si a honra da visita, estava muito longe de apreciá-la. Sentiu toda a inconsistência daquele relacionamento com as condições bastante humildes em que eram obrigados a viver; e, tendo provado, no convívio com sua tia, das muitas elegâncias da vida, estava sensível a tudo o que poderia estar exposto ao ridículo pelas pessoas ricas em sua residência atual. De sentimentos desse gênero, Elizabeth sabia muito pouco. Sua alma simples, ou seu autêntico bom senso, a mantinha a salvo de tais mortificações; e, embora intimidada por um genérico sentimento de inferioridade, não sentia nenhuma vergonha em particular. O sr. Watson, como os visitantes já haviam sabido pela voz de Nanny, não estava em condições de descer as escadas. Com ares muito contritos, sentaram-se os quatro: lorde Osborne ao lado de Emma, e o oportunista sr. Musgrave, de excelente humor pela importância a que se atribuía, do outro lado da lareira, com Elizabeth. As palavras não *lhe* faltavam; mas, depois de lorde Osborne dizer a Emma que esperava que ela não tivesse se resfriado no baile, ficou sem nada mais a dizer durante algum tempo, podendo apenas satisfazer a vista com ocasionais olhares para a sua bela vizinha. Emma não estava inclinada a se dar muito trabalho em entretê-lo;

e, depois de muitas elucubrações mentais, ele conseguiu elaborar a observação de que o dia estava muito bonito, à qual acrescentou a pergunta se ela "havia saído a passear naquela manhã".

— Não, senhor; achamos que havia muita lama.

— Devia então calçar as botas. — E após outra pausa: — Nada realça mais um belo calcanhar do que as botas; também as galochas pretas ficam bem com roupas escuras. Não gosta de usar botas?

— Gosto; mas, se forem tão pesadas a ponto de comprometer a beleza, não serão decerto apropriadas para os passeios no campo.

— Com mau tempo, as senhoras deviam cavalgar. As senhoritas cavalgam?

— Não, milorde.

— Admira-me que as damas não o façam sempre; a mulher ressalta sua elegância quando está a cavalo.

— Mas nem toda mulher pode ter a propensão, ou os meios.

— Se soubessem o quanto isso lhes acrescenta, todas teriam propensão; e acredito, srta. Watson, que, uma vez tendo a propensão, os meios logo se encontram.

— O senhor, milorde, acha que nós sempre arranjamos um jeito. *Esse* é um ponto em que as senhoras e os cavalheiros sempre discordaram; mas, sem pretender resolver a questão, posso dizer que há certas circunstâncias em que nem mesmo as *mulheres* estão em condições de controlar. A economia feminina, milorde, pode fazer muitíssimo, mas não pode transformar um pequeno rendimento em grande.

Lorde Osborne ficou em silêncio. A atitude de Emma não fora nem sentenciosa nem sarcástica; mas havia algo em sua tranquila seriedade, bem como nas próprias palavras, que levou o nobre a refletir; e, quando ele novamente se dirigiu a ela, foi com um grau de considerável propriedade, totalmente diverso do tom meio embaraçado e meio agressivo de suas anteriores observações. Para ele era algo novo o desejo de agradar uma mulher; era a primeira vez que se dava conta do que era devido a uma mulher nas condições de Emma; mas, como não fosse destituído de bom senso nem de boa disposição, o que sentiu não lhe passou sem produzir efeito.

— A senhorita não viveu muito tempo nesta região, segundo eu soube — disse ele, num tom cavalheiresco. — Espero que esteja gostando daqui.

Ele foi recompensado por uma resposta graciosa e uma visão mais liberal e completa daquela face, o que até então ela não lhe havia concedido. Não habituado a esforçar-se e feliz em contemplá-la, permaneceu em silêncio por mais alguns minutos, enquanto Tom Musgrave conversava com Elizabeth; foram então interrompidos com a chegada de Nanny, que, entreabrindo a porta e mostrando o rosto, disse:

— Perdão, senhora, mas o amo quer saber por que até agora não lhe serviram o jantar.

Os visitantes, que até então haviam ignorado qualquer sintoma, mesmo que positivo, das proximidades daquela refeição, agora se ergueram cheios de desculpas, enquanto Elizabeth recomendava energicamente a Nanny "para dizer a Betty que servisse logo o frango".

— Lamento que isso tenha acontecido — acrescentou ela, virando-se bem-humoradamente para Tom Musgrave —, mas sabe como é nosso costume jantar tão cedo.

Tom não tinha nada de pessoal para dizer, sabia-o muito bem, e tal honesta simplicidade, tal verdade sem rebuços, até mesmo o aturdiam um pouco. As despedidas de lorde Osborne levaram algum tempo, sua disposição de falar parecia aumentar com a brevidade da ocasião de que dispunha para desculpar-se. Recomendou-lhes que se exercitassem apesar da lama; falou novamente em louvor das botas; pediu permissão para que sua irmã pudesse mandar a Emma o endereço de seu sapateiro; e concluiu dizendo:

— Haverá uma caçada com meus cães aqui na próxima semana. Creio que estaremos batendo o bosque de Stanton na quarta-feira pelas nove horas. Menciono isso na esperança de que estejam dispostas a ver como evolui a caçada. Se a manhã estiver convidativa, peço-lhes que nos deem a honra de virem pessoalmente nos desejar boa sorte.

As irmãs se entreolharam assombradas assim que os visitantes se retiraram.

— Essa é mesmo uma honra inexplicável! — exclamou por fim Elizabeth. — Quem poderia imaginar que o lorde Osborne viria a Stanton? Ele é muito bonito, mas Tom Musgrave continua a ser, sem comparação, o mais elegante e o mais brilhante dos dois. Fiquei contente por ele não se ter dirigido a mim; não saberia como falar com uma pessoa tão importante. Tom estava muito simpático, não é mesmo? Mas viu que ele perguntou onde estavam Penelope e Margaret assim que entrou? Quase perdi a paciência. Mas fiquei satisfeita em ver que Nanny ainda não tinha posto a toalha na mesa; iria parecer muito grosseiro; apenas a bandeja não significava grande coisa.

Dizer que Emma não estivesse lisonjeada com a visita do lorde Osborne seria afirmar algo improvável e descrever uma jovem senhorita muito estranha; mas a satisfação não era de todo absoluta; sua ida foi uma atenção que podia agradar a sua vaidade, mas não satisfez o seu orgulho; e ela teria preferido saber de seu desejo de fazer aquela visita sem na verdade realizá-lo a vê-lo chegando a Stanton.

Entre outros sentimentos insatisfatórios, ocorreu-lhe também perguntar a si mesma por que o sr. Howard não se concedera o mesmo privilégio de acompanhar sua senhoria, embora estivesse propensa a supor que ele não soubera disso ou antes houvesse declinado de participar daquele gesto que se revelava contrário em sua forma às regras da boa educação. O sr. Watson não ficou nada satisfeito quando soube do ocorrido; um tanto irritado por efeito de uma dor momentânea e pouco disposto a ser consolado, replicou apenas:

— Ora! Ora! Que motivo teria o lorde Osborne para vir aqui? Há 14 anos que moro aqui sem ter sido notado por ninguém da família. Deve ser alguma idiotice daquele desocupado Tom Musgrave. Não vou retribuir a visita. Não posso, mas, mesmo que pudesse, *eu* não o faria.

E, quando Tom Musgrave voltou de novo por lá, foi-lhe confiado um pedido de desculpas dirigido ao senhor do castelo Osborne, com a justificativa mais que suficiente do precário estado de saúde do sr. Watson.

Depois dessa visita, uma semana ou uns dez dias transcorreram em paz antes que um novo alvoroço viesse interromper, ainda que por meio dia apenas, o tranquilo e afetuoso convívio entre as duas irmãs, cuja estima recíproca havia crescido com o conhecimento íntimo que tal convívio acarretava. A primeira circunstância que rompeu aquela serenidade foi o recebimento de uma carta de Croydon que anunciava o iminente retorno de Margaret e uma visita de dois a três dias de Robert e Jane Watson, que, no empenho de acompanhá-la a casa, queriam estar com sua irmã Emma.

Era uma prospectiva que absorvia os pensamentos das irmãs em Stanton e absorveu todas as horas de pelo menos uma delas, de vez que, sendo Jane uma pessoa provinda de família rica, os preparativos para recebê-la eram consideráveis, e, como Elizabeth tinha sempre mais boa vontade do que método em sua administração da casa, não conseguia fazer nada sem criar um tumulto. A ausência de 14 anos tinha feito seus irmãos e irmãs parecerem estranhos a Emma, mas em sua expectativa a respeito de Margaret havia mais do que a estranheza de tal separação; Emma ouvira coisas que a faziam temer a volta de sua irmã; e o dia em que chegaram a Stanton pareceu-lhe o término de tudo quanto tinha sido agradável naquela casa.

Seu irmão Robert Watson era advogado em Croydon, com uma carreira de sucesso; muito orgulhoso disso e de ter se casado com a filha única do procurador de quem era assistente, a qual possuía uma fortuna de seis mil libras esterlinas. Jane, a esposa, não se sentia menos satisfeita consigo mesma por ser a dona daquelas seis mil libras e por estar agora na posse de uma belíssima casa em Croydon, onde organizava elegantes festas nas quais usava as mais finas vestes. Em seu aspecto físico, nada havia de notável; comportava-se de maneira insolente e presunçosa. Margaret não era destituída de beleza; tinha uma figura esbelta e graciosa, talvez mais carente de expressividade do que de belos contornos; mas a expressão enérgica e inquieta de sua face fazia sua beleza se tornar em geral menos sentida. Ao reencontrar a irmã, por longo tempo ausente, seus modos e suas palavras, como em todas as ocasiões propícias a se fazer notada, eram sempre de afeto e gentileza; os sorrisos contínuos e um modo de falar muito lento eram seu permanente recurso quando se determinava a agradar alguém.

Ela estava agora tão "deleitada em ver a sua querida, querida Emma" que mal conseguia falar uma palavra por minuto.

— Estou certa de que seremos grandes amigas — observou, com muito sentimento, enquanto estavam sentadas juntas. Emma mal sabia como responder a uma afirmação dessa natureza e não se arriscaria a imitar a maneira como fora dita. A sra. Robert Watson olhava-a com uma curiosidade familiar e uma exultante compaixão; no momento do encontro, a perda da fortuna da tia estava mais do que tudo em sua mente, e ela não conseguia senão sentir o quanto era melhor ser a filha de um proprietário em Croydon do que a sobrinha de uma velha senhora que se deixava levar por um capitão irlandês. Robert mostrava uma cortesia descuidada, como convinha a um homem próspero e irmão, mais interessado em fazer contas com o cocheiro, invectivando contra o exorbitante aumento do transporte e argumentando contra uma meia coroa duvidosa do que em dar as boas-vindas à irmã, que já não tinha a possibilidade de vir a herdar uma propriedade que ele pudesse no futuro dirigir.

— A estrada daqui que atravessa a cidade é infame, Elizabeth — disse ele —, pior ainda do que era. Pelo amor de Deus! Eu daria um jeito nisso se vivesse por aqui. Quem é o inspetor agora?

Havia uma sobrinha pequena que ficara em Croydon e a respeito da qual Elizabeth indagou com toda a bondade de seu coração, lamentando muito não vê-la ali no grupo.

— Você é muito bondosa — replicou a mãe —, e lhe asseguro que para Augusta foi muito penoso ver-nos partir sem ela. Fui obrigada a dizer-lhe que íamos apenas à igreja e que logo voltaríamos para ela. Mas você sabe que não seria possível trazê-la sem a babá, e estou sempre atenta a que ela seja tratada da maneira mais apropriada.

— Pobrezinha! — exclamou Margaret. — Quase me partiu o coração ter que vir sem ela.

— Então por que estava tão ansiosa para ficar longe dela? — indagou Jane. — Você é mesmo uma criatura estranha. Vim brigando com você por todo o caminho percorrido, não foi? Uma visita como a sua estou para ver! Você bem sabe de nossa satisfação em receber uma de vocês em nossa casa... mesmo que seja por meses inteiros. E lamento (com um sorriso sarcástico) que não tenhamos sido capazes de lhes tornar Croydon agradável neste outono.

— Minha caríssima Jane, não me esmague com suas zombarias. Você sabe as razões que me levaram a voltar para casa. Poupe-me, eu lhe imploro. Não estou à altura de suas insinuações maliciosas.

— Bem, só lhe peço que não ponha os seus em oposição à cidade em que moramos. Talvez Emma possa estar tentada a voltar conosco e lá ficar até o Natal, se não der ouvidos ao que você disse.

Emma sentiu-se muito agradecida.

— Asseguro-lhe que desfrutamos de bons relacionamentos em Croydon. Não vou muito aos bailes, pois são um tanto promíscuos, mas nossas festas são muito exclusivas e agradáveis. Na semana passada tivemos sete mesas servidas no salão. Você gosta do campo? Como está se sentindo em Stanton?

— Muito bem — replicou Emma, que achou melhor dar uma resposta generalizada a esse propósito. Percebeu como a cunhada a desprezara imediatamente. Jane estava com efeito imaginando a que espécie de lar Emma estaria acostumada em Shropshire e dava por certo que a tia jamais tivera as tais seis mil libras de dote.

— Que encantadora, a Emma! — sussurrou Margaret a Jane, em seu mais lânguido tom. Emma estava bastante constrangida com tal comportamento e gostou ainda menos quando ouviu cinco minutos depois Margaret dizer a Elizabeth num tom seco e rápido, totalmente diverso do primeiro:

— Você soube algo da Penelope desde que ela foi para Chichester? Recebi uma carta noutro dia. Não creio que ela consiga alguma coisa. Imagino que voltará a mesma srta. Penelope de quando foi.

Emma temia que aquela fosse a voz habitual de Margaret, após esvaecer a novidade de sua presença; o tom de sensibilidade artificial não era recomendável ao propósito. As senhoras foram convocadas ao andar superior para se preparar para o jantar.

— Espero que encontre tudo razoavelmente confortável, Jane — disse Elizabeth, ao abrir a porta do quarto de hóspedes.

— Oh, criatura minha — replicou Jane —, não me trate com cerimônia, eu lhe imploro. Sou daquelas que sempre tomam o que estiver à mão. Penso que saberei suportar um pequeno aposento por duas ou três noites, sem fazer disso um drama. Sempre quero ser tratada "em família" quando venho visitá-los e agora espero que vocês não tenham preparado um grande jantar para nós. Lembrem-se de que nunca ceamos.

— Acho — disse Margaret um tanto apressadamente a Emma — que você e eu vamos ficar juntas; a Elizabeth sempre arranja um jeito de ter um quarto só para ela.

— Não. Elizabeth vai dividir o quarto dela comigo.

— Oh! — (com um tom de voz amortecido e um tanto mortificada ao perceber que não estava sendo maltratada) — Lamento não ter o prazer de sua companhia... principalmente porque fico nervosa quando estou sozinha.

Emma foi a primeira das mulheres a voltar à sala de visitas; ao entrar, encontrou seu irmão sozinho.

— Então, Emma — disse ele —, você é mesmo uma estranha em sua própria casa. Deve lhe parecer bastante estranho estar aqui. Que grande enrascada sua tia Turner arranjou! Pelo amor de

Deus! Nunca deviam confiar dinheiro a uma mulher. Eu sempre disse que ela precisava deixar alguma coisa para você, assim que o marido faleceu.

— Mas isso seria confiar *a mim* algum dinheiro — replicou Emma —, e *eu* também sou mulher.

— Podia ficar vinculado ao seu futuro uso, sem que você tivesse poderes de dispor dele no presente. Que golpe deve ter sido para você! Em vez de se encontrar herdeira de oito ou nove mil libras, voltar a ser um peso para a sua família, sem um tostão no bolso. Espero que a velha venha a pagar caro por isso.

— Não fale da tia com esse desrespeito... ela foi muito boa comigo; e, se fez uma escolha imprudente, será ela quem sofrerá as consequências, muito mais do que *eu* poderia sofrer.

— Não tenho a intenção de afligi-la, mas você sabe que todo mundo a considera uma velha idiota. Pensei que o marido Turner fosse reputado um homem extraordinariamente sensível e inteligente. Por que demônios acabou fazendo tal testamento?

— O bom senso de meu tio não pode ser de modo algum posto em dúvida, em minha opinião, pelo afeto que dedicava à minha tia. Ela foi uma grande esposa para ele. As mentes mais generosas e iluminadas são sempre as mais confiantes. A escolha foi infeliz, mas a memória de meu tio me é, se possível, mais cara por causa dessa prova de terno respeito por minha tia.

— Que modo estranho de falar! Ele devia ter provido decentemente a viúva sem ter deixado todo o seu patrimônio, ou qualquer parte dele, ao arbítrio dela.

— Minha tia pode ter errado — disse Emma com ânimo. — Ela *errou*, sim, mas a conduta de meu tio foi impecável. Eu era a sobrinha dela, e ele deixou a ela a possibilidade e o prazer de prover algo para mim.

— Mas infelizmente ela deixou a seu pai o prazer de prover algo para você sem essa possibilidade. Eis o resumo da história. Depois de manter você distante da família por tanto tempo a ponto de esvair entre nós todo o afeto natural e criá-la (suponho) num nível de vida superior, você é mandada de volta aos nossos cuidados sem um tostão no bolso.

— Você sabe — replicou Emma, lutando contra as lágrimas — do pobre estado de saúde de meu tio. Estava ainda mais inválido que nosso pai. Não estava em condições de sair de casa.

— Não tenho a intenção de fazê-la chorar — disse Robert em tom mais suave e, depois de um curto silêncio, como que para mudar de assunto, acrescentou: — Acabo de vir do quarto de meu pai; pareceu-me bastante apático. Vai ser um grande transtorno quando ele falecer. Pena que nenhuma de vocês se tenha casado! Deviam ir a Croydon como as outras e ver o que poderiam arranjar por lá. Creio que, se Margaret tivesse umas mil ou mil e quinhentas libras, haveria um jovem que poderia se interessar por ela.

Emma alegrou-se quando chegaram as demais; era melhor admirar o refinamento de sua cunhada do que ouvir Robert, que lhe havia irritado e feito sofrer ao mesmo tempo. Jane, exatamente tão elegante como estivera em uma de suas próprias festas, chegou pedindo desculpas pelo vestido.

— Não queria fazê-las esperar — disse —, de modo que vesti a primeira coisa que encontrei. Lamento estar fazendo uma triste figura. Meu caro sr. Watson (dirigindo-se ao marido), você nem sequer retocou o pó dos cabelos.

— Não, e não pretendo fazê-lo. Acho que já tenho pó demais nos cabelos para a minha mulher e minhas irmãs.

— De fato, você devia mudar de roupa para o jantar quando está fora, de visita, mesmo que não esteja em casa.

— Tolice.

— Estranho que você não queira fazer o que os outros cavalheiros fazem. O sr. Marshall e o sr. Hemmings trocam infalivelmente de roupa todos os dias antes do jantar. E de que serve eu trazer sua roupa nova se você nunca quer usá-la?

— Contente-se em ser elegante você mesma e deixe o seu marido em paz.

Para pôr fim à discussão e amenizar a evidente irritação de sua cunhada, Emma (embora sem o humor necessário para ouvir com facilidade aqueles disparates) começou a admirar-lhe o vestido. O que produziu uma imediata satisfação.

— Gostou mesmo? — disse Jane. — Fico muito feliz. Ele foi muito elogiado; mas às vezes acho que o modelo é grande demais. Amanhã vou usar um que penso que você vai preferir a este. Você viu o vestido que eu dei à Margaret?

O jantar chegou, e, exceto quando Jane olhava para a cabeça do marido, ela continuava alegre e frívola, repreendendo Elizabeth pela profusão de pratos à mesa e protestando veementemente contra a chegada do peru, que era a única exceção do trivial.

— Peço-lhe e insisto para que não sirva hoje o peru. Estou completamente transtornada com a quantidade de pratos que já foram servidos. Não mande servir o peru, eu lhe rogo.

— Minha querida — replicou Elizabeth —, o peru é assado e tanto pode ser servido agora quanto ficar na cozinha. Além disso, já que está em fatias, espero que meu pai fique tentado a comer uma delas, já que é um de seus pratos preferidos.

— Pode mandar servi-lo, minha querida, mas lhe garanto que não vou tocar nele.

O sr. Watson não se sentia suficientemente bem para acompanhá-los no jantar, mas deixou-se convencer a ir ao salão tomar o chá com eles.

— Espero que possamos ter um joguinho de cartas esta noite — disse Elizabeth a Jane, depois de ver o pai confortavelmente acomodado em sua cadeira de braços.

— Não contem comigo, minha cara, eu lhes peço. Sabem que não sou amiga das cartas. Acho uma boa conversa infinitamente melhor. Sempre digo que as cartas vão bem às vezes para quebrar a formalidade, mas nunca é algo desejável entre pessoas amigas.

— Estava pensando em algo interessante para distrair meu pai — disse Elizabeth —, se é que isso não lhes desagrada. Ele diz não ser capaz de suportar o uíste, mas se fizermos uma rodada de outro jogo ele talvez se anime a sentar-se conosco.

— Mas certamente, minha querida. Estou à sua disposição. Só não me obrigue a escolher o jogo, é tudo. *Speculation*[5] é o único jogo individual que se pratica agora em Croydon, mas posso jogar qualquer outro. Quando estão apenas uma ou duas de vocês em casa, deve ser muito difícil agradá-lo... por que não lhe ensina a jogar o *cribbage*?[6] Margaret e eu jogávamos *cribbage* em quase todas as noites em que não tínhamos compromissos.

Naquele momento, ouviu-se como que o som de uma carruagem na distância; todos apuraram os ouvidos; tornou-se mais distinto; estava certamente se aproximando. Era um som insólito em Stanton a qualquer hora do dia, pois o vilarejo não estava na rota de nenhuma estrada de passagem e a única casa de importância senhorial era a do pároco. As rodas se avizinharam rapidamen-

---

[5] Espécie de jogo semelhante ao atual "monopólio". (N.T.)

[6] Jogo também designado por "berço". (N.T.)

te, e em dois minutos a expectativa geral foi satisfeita; pararam, sem a menor dúvida, diante do portão do vicariato, onde estavam.

— Quem poderia ser? Era decerto uma diligência. Penelope era a única pessoa em quem poderiam pensar. Talvez tivesse conseguido alguma imprevista oportunidade de voltar.

Seguiu-se uma pausa de suspense. Ouviram-se passos distintamente ao longo do caminho pavimentado que levava à entrada da casa passando sob as janelas e depois pelo corredor. Eram passos de homem. Não podia ser Penelope. Devia ser Samuel. A porta abriu-se e deixou ver a figura de Tom Musgrave, em roupas de viagem. Tinha estado em Londres e ia agora a caminho de casa, e se desviara cerca de oitocentos metros de seu caminho simplesmente para uma visita de dez minutos em Stanton. Gostava de pegar as pessoas de surpresa, com visitas de improviso em momentos incomuns, e, na presente instância, tinha um motivo adicional, o de dizer às senhoritas Watson, as quais estava certo de encontrar tranquilamente em seus afazeres de depois do chá, que ele estava voltando para casa para jantar às oito da noite.

Aconteceu, no entanto, que desta vez a surpresa que pretendeu causar não foi maior do que a que recebeu, quando, em vez de ser conduzido à habitual salinha de estar, abriu-se amplamente a porta da grande sala de visitas bem mais ampla que a outra, e ele viu um círculo de pessoas elegantes, que não conseguiu reconhecer de imediato, reunidas em torno da lareira com todas as honras reservadas aos visitantes, tendo Elizabeth diante da mais bela mesa *pembroke*,[7] com os mais finos apetrechos de chá à sua frente. Ele permaneceu alguns segundos em silencioso espanto.

— Musgrave! — exclamou Margaret, num tom afetuoso.

[7] Tipo de mesa com duas gavetinhas de cada lado, que leva o nome do nono conde de Pembroke (Henry Herbert — 1693-1751). (N.T.)

Ele se recompôs e entrou na sala, satisfeito por encontrar tal grupo de amigos e bendizendo sua boa sorte por aquela satisfação inesperada. Cumprimentou Robert com um aperto de mãos, inclinou-se e sorriu para as damas, e fez tudo com muita elegância; mas, quanto a qualquer especial emoção ao se dirigir a Margaret, Emma, que o observava atentamente, não percebeu nada que contrariasse a opinião de Elizabeth, embora os sorrisinhos modestos de Margaret indicassem claramente a certeza de que considerasse a visita como sendo para ela.

Convenceram-no, sem muita dificuldade, a se desembaraçar do pesado casacão e tomar chá em companhia deles. Pois, "jantar às oito ou às nove", como observou, "era de pouca importância", e, sem parecer intencionável, não se furtou de tomar assento próximo a Margaret, na cadeira que ela lhe havia arranjado com solicitude. Com isso o punha fora do alcance das irmãs, mas não estava em condições de salvá-lo das solicitações do irmão, pois, como houvesse afirmado ter chegado de Londres, e de lá saíra somente quatro horas antes, era necessário estar ao corrente das últimas notícias públicas e das tendências do momento, antes que Robert pudesse permitir-lhe dar atenção às demandas feminis, menos patrióticas e importantes. Por fim, no entanto, estava livre para ouvir as ternas observações de Margaret quando falava de sua preocupação por ele ter feito uma viagem tão terrível e aflitiva, com aquele frio.

— O certo é que não devia ter partido tão tarde.

— Não pude fazê-lo antes — replicou ele. — Fiquei detido no Bedford[8] em conversa com um amigo. Todas as horas são iguais para mim. Há quanto tempo já está de volta ao campo, srta. Margaret?

---

[8] Bedford Coffee House, famosa taverna da Londres do século XVIII. (N.T.)

— Só chegamos hoje de manhã. Meu caro irmão e minha cunhada me trouxeram de volta. Não é extraordinário?

— Estava fora havia muito tempo, não é mesmo? Uma quinzena, suponho?

— O *senhor* pode achar uma quinzena muito tempo, sr. Musgrave — disse Jane animadamente —, mas *nós* achamos que um mês foi muito pouco. Asseguro-lhe que a trouxemos ao fim de um mês, muito contra a nossa vontade.

— Um mês! Esteve mesmo fora durante um mês? Impressionante como o tempo voa.

— Bem pode imaginar — disse Margaret numa espécie de sussurro — as minhas sensações de me encontrar mais uma vez em Stanton. Saiba que sou uma péssima hóspede e estava de fato impaciente para ver Emma. Temia o encontro e ao mesmo tempo ansiava por ele. Pode avaliar essa espécie de sentimento?

— De modo algum — exclamou ele em voz alta. — Eu jamais temeria um encontro com a srta. Emma Watson... ou com qualquer de suas irmãs.

Foi uma sorte que ele acrescentasse esse final.

— Estavam falando de mim? — perguntou Emma, que ouvira seu nome.

— De maneira alguma — respondeu ele —, mas estava pensando na senhorita, como muitos a uma distância maior estão fazendo neste momento. Que tempo excelente está fazendo, srta. Emma; ótimo para a estação de caça.

— Emma é encantadora, não é mesmo? — sussurrou Margaret. — Ela mais que superou minhas expectativas mais calorosas. Já viu algo mais perfeitamente belo? Creio que mesmo *o senhor* deverá converter-se em devoto da tez morena.

Ele hesitou; Margaret era loura, e ele não tinha nenhum desejo particular de lhe fazer um elogio; mas a srta. Osborne e a srta. Carr eram igualmente louras, e sua admiração por elas acabou prevalecendo.

— A tez de sua irmã — disse ele por fim — é tão bela quanto pode ser a de uma pessoa morena, mas confesso minha preferência pela pele clara. Viram a srta. Osborne? Ela é o meu modelo de uma verdadeira compleição feminina, além de ser muito loura.

— Mais loura do que eu?

Tom não deu resposta.

— Palavra de honra, senhoras — disse ele, dando um olhar de esguelha para si próprio —, estou altamente em dívida para com a vossa condescendência em admitir-me aqui, em vossa sala de visitas, vestindo trajes tão impróprios. Na verdade, não me dei conta do quão malvestido estava para vir aqui, senão teria mantido distância. *Lady* Osborne diria que estou ficando tão descuidado quanto seu filho, se me visse nestas condições.

As senhoras não deixaram de assegurar o contrário, e Robert Watson, dando uma olhada na própria cabeleira refletida no espelho em frente, disse com igual amabilidade:

— Não pode estar mais malvestido do que eu. Chegamos tão tarde que não tive tempo sequer para renovar o pó de meus cabelos.

Emma não conseguiu deixar de partilhar do que supunha fossem os sentimentos de sua cunhada naquele momento.

Quando o serviço de chá foi removido, Tom começou a falar a respeito de sua carruagem, mas quando armaram a velha mesa de jogo e Elizabeth tirou do armário os marcadores e as fichas, o clamor geral foi tão insistente para que Tom se juntasse à roda que ele acabou por se permitir ficar por mais um quarto de hora. Até mesmo Emma estava satisfeita por ele ter ficado, pois estava começando a sentir que uma reunião familiar podia ser a pior das festas; e todos os outros estavam felicíssimos.

— Que vão jogar? — perguntou ele, assim que se sentaram em torno da mesa.

— *Speculation*, me parece — disse Elizabeth. — Minha cunhada recomendou-o, e imagino que todos gostem desse jogo. Sei que *lhe* agrada, Tom.

— É a única modalidade que se joga atualmente em Croydon — disse Jane. — Não se pensa em outra coisa. Alegro-me que seja também a sua favorita.

— Ah! a minha! — exclamou Tom. — Qualquer uma que decidirem será a *minha* favorita. Houve tempo em que já passei horas muito agradáveis jogando *speculation*, mas há muito que não voltei a jogá-lo. No castelo Osborne se joga o vinte e um; ultimamente só tenho jogado o vinte e um. Ficariam admirados de ver a algazarra que fazemos. O salão, aquele belo, nobre e antigo salão voltou a ressoar. *Lady* Osborne diz que às vezes não consegue ouvir sua própria voz. Tudo isso agrada muito ao lorde Osborne, que é, sem dúvida, o melhor carteador que já conheci: que agilidade! Que espírito! Não deixa ninguém dormir nas cartas. Quem dera pudessem vê-lo mostrando as cartas, não há nada mais divertido no mundo!

— Mas, ora essa! — exclamou Margaret. — Por que não jogamos vinte e um? Acho que é um jogo bem melhor que o *speculation*. Não posso dizer que aprecie muito *speculation*.

Jane não disse mais nada em favor do jogo. Sentia-se vencida, e a moda reinante no castelo Osborne levou de cambulhada as preferências de Croydon.

— O senhor vê com frequência a família do pároco quando está no castelo, sr. Musgrave? — perguntou Emma enquanto tomavam assento.

— Sim, vejo; eles estão quase sempre lá. A sra. Blake é uma pessoa graciosa e muito bem-humorada, somos ambos amigos declarados; e o Howard é um cavalheiro em todos os seus aspectos! A senhorita, posso lhe assegurar, não foi esquecida por ninguém da família. Imagino que de quando em quando deve sentir a orelha arder-lhe, srta. Emma. Principalmente no sábado passado cerca de nove ou dez horas da noite. Vou dizer-lhe o que foi. Sei que está morta de curiosidade por saber. Foi quando Howard disse a lorde Osborne...

Neste momento tão interessante, Tom foi chamado pelos demais para explicar as regras do jogo e esclarecer algum ponto controverso; e sua atenção ficou assim totalmente concentrada no assunto e a seguir no desenvolvimento da partida, a ponto de não mais retornar ao que começara antes a dizer; e Emma, embora sofrendo bastante pela curiosidade, não teve coragem de lembrar-lhe.

Tom revelou-se um acréscimo valioso à mesa de jogo. Sem ele, teria sido uma partida entre familiares tão próximos que dificilmente suscitaria um interesse maior e talvez fosse realizada por simples cortesia; mas a presença dele trouxe variedade e assegurou as boas maneiras. Na verdade, estava otimamente qualificado para brilhar numa mesa de jogo, e poucas outras ocasiões lhe teriam permitido fazer melhor figura. Jogava com espírito e tinha muito o que dizer; e, embora não fosse dotado de grande argúcia, conseguia vez por outra usar a argúcia de algum amigo ausente, com muito brilho ao distribuir banalidades ou dizer pequenos nadas que obtinham ótimo efeito em toda a mesa. As modas e as boas pilhérias do castelo Osborne eram agora os meios de que se valia para entretê-los. Repetia os ditos mordazes de alguma dama, detalhava os disparates de outra e se permitia até mesmo imitar o estilo de lorde Osborne quando mostrava as cartas.

O relógio bateu as nove horas enquanto ele ainda estava agradavelmente ocupado, e, quando Nanny entrou com a tigela de mingau de seu amo, ele teve o prazer de observar ao sr. Watson que o deixaria no momento da ceia ao passo que ele próprio iria para casa jantar. A carruagem foi chamada à porta, e desta vez não houve rogos que pudessem convencê-lo a ficar um pouco mais, pois bem sabia que se ficasse teria que se sentar à mesa em menos de dez minutos, o que, para um homem que estava profundamente decidido em seu coração a classificar de jantar sua próxima refeição, era algo absolutamente intolerável. Ao ver sua determinação de partir, Margaret começou a fazer sinais para Elizabeth convidá-lo a jantar no dia seguinte; e Elizabeth, afinal, incapaz de resistir às insinuações, que a sua formação social e a hospitalidade mais que apoiavam, acabou fazendo o convite: ficariam muito felizes se ele aquiescesse em conceder esse novo encontro com Robert.

— Com o maior prazer — foi a resposta inicial. Um instante depois: — Isto é, se eu puder estar aqui a tempo... mas acontece que vou à caça com o lorde Osborne, e por isso não posso me comprometer. Só poderão ter certeza quando me virem.

E assim partiu, satisfeito com a incerteza em que havia deixado a coisa.

Margaret, com a alegria no coração pelas circunstâncias que decidira considerar especialmente propícias, teria de bom grado feito Emma de confidente quando estiveram sozinhas por um breve tempo na manhã seguinte e chegado mesmo a declarar:

— O jovem que esteve ontem à noite aqui em casa, minha querida Emma, e que vai voltar hoje me interessa mais do que você possa imaginar.

Mas Emma, fingindo não encontrar nada de extraordinário em suas palavras, replicou-lhe de modo muito genérico e, erguendo-se de súbito, fugiu de um assunto que repugnava aos seus sentimentos. Dado que Margaret não admitia a menor dúvida quanto à vinda de Musgrave para o jantar, foram feitos preparativos para recebê-lo que excediam muito o que se julgara necessário no dia anterior; e, tomando inteiramente da irmã o encargo de supervisionar os trabalhos, passou a metade da manhã na cozinha a dar ordens e a fazer repreensões.

No entanto, depois de um desfile de exemplares de uma medíocre culinária e de ansiosa expectativa, foram finalmente obrigados a sentar à mesa sem o convidado. Tom Musgrave não compareceu, e Margaret não fez nenhum esforço para esconder seu aborrecimento diante da decepção ou reprimir a irritabilidade de seu temperamento. A paz familiar pelo resto do dia e de todo o seguinte, que compreendiam a extensão da visita de Robert e Jane, foi constantemente invadida por seu rabugento desprazer e suas invectivas lamuriosas. Elizabeth era o alvo usual de ambos. Margaret tinha o respeito necessário pelas opiniões do irmão e da cunhada para se comportar corretamente com *eles*, mas Elizabeth e as criadas nunca faziam nada certo, e Emma, de quem Margaret parecia não mais fazer caso, descobriu que o tom gentil era muito mais breve do que havia calculado. Desejosa de permanecer o menos possível em companhia delas, Emma sentia-se feliz em poder permanecer a maior parte do tempo no andar de cima com o pai, e insistia calorosamente em lhe fazer companhia todas as noites. E, como Elizabeth amava qualquer companhia, fosse de quem fosse, a ter que ficar sozinha embaixo, por sua conta e risco, preferindo falar sobre Croydon com Jane — apesar das contínuas interrupções maliciosas de Margaret — a estar sozinha com o pai

— que com frequência não conseguia nem falar —, o caso ficava resolvido, desde que Emma se convencesse de não haver sacrifício por parte da irmã. Para Emma, a troca era mais que aceitável, era mesmo agradável. O pai, quando se sentia mal, requeria nada mais que um pouco de cuidados e silêncio e, sendo um homem sensato e culto, era, quando apto a conversar, uma companhia bastante agradável. No quarto *dele*, Emma sentia-se em paz longe das terríveis mortificações de uma companhia que lhe era desagradável e da discórdia familiar, além da momentânea necessidade de suportar uma prosperidade insensível, uma presunção vulgar e uma estupidez obstinada, inculcadas num temperamento deplorável. Ela ainda sofria com isso na contemplação de suas existências; na lembrança e nas expectativas, mas, no momento, deixara de ser torturada por seus efeitos. Estava à vontade, podia ler e refletir, embora a sua situação estivesse longe de tornar as reflexões muito consoladoras. Os infortúnios decorrentes da morte de seu tio não eram insignificantes nem tendentes a serem mitigados. E, quando se abandonava livremente aos pensamentos, comparando o presente com o passado, a necessidade de ocupar a mente e dissipar as ideias desagradáveis, o que só a leitura podia conseguir, a fazia voltar-se agradecida aos livros.

A mudança em seu âmbito familiar e em seu estilo de vida, em consequência da morte de um amigo e da imprudência de outro, tinha sido realmente avassaladora. De ter sido o motivo principal das esperanças e da solicitude de um tio que a havia educado com o desvelo de um pai e da ternura de uma tia cuja índole afetiva se comprazia em conceder-lhe toda a satisfação; de ter sido a vida e o espírito de uma casa onde tudo era comodidade e elegância e a futura herdeira de uma confortável independência, de tudo isso, Emma tornara-se uma pessoa sem importância para todos, um peso para aqueles com cujo afeto ela não podia contar, um ser a mais numa casa já por si superlotada, em meio a mentes inferiores e com poucas possibilidades de comodidade doméstica, bem como de pouca esperança de algum futuro amparo. Era um bem para ela que fosse de natureza alegre, pois a mudança tinha sido de tal porte que teria atirado no mais profundo desalento um espírito mais fraco que o seu.

Robert e Jane haviam insistido muito que ela os acompanhasse a Croydon, e ela teria dificuldades em fazê-los aceitar sua recusa, dado que faziam uma opinião muito elevada de sua própria gentileza e de sua posição social para supor que a oferta pudesse aparecer sob uma luz menos vantajosa para qualquer outra pessoa. Elizabeth apoiou-os, evidentemente contra seu próprio interesse, insistindo em particular com Emma para que fosse.

—Você não sabe o que está recusando, Emma — disse ela —, nem o que teria de suportar aqui em casa. Aconselho-a com todas as forças a aceitar o convite; sempre há alguma coisa interessante acontecendo em Croydon. Terá companhia quase todos os dias, e Robert e Jane serão muito gentis com você. Quanto a mim, sem você não estarei pior do que estou acostumada a estar; mas as maneiras pouco agradáveis de Margaret são novas para *você* e iriam chocá-la muito mais do que você imagina se permanecesse aqui.

Emma naturalmente não se deixou influenciar com tais argumentos, exceto por passar a nutrir ainda mais estima por Elizabeth, em virtude de suas observações, e os visitantes partiram sem ela.

Novos ares na velha Inglaterra

O manuscrito

Devido à sua doença, nos últimos dois anos de vida, Jane Austen passou por momentos em que se sentia mal e sem condições de trabalhar; noutros, bem-disposta, escrevia. Certamente foi num desses bons momentos que, em janeiro de 1817, começou um novo livro. Em março, porém, sua saúde se deteriorou e não houve mais condições de levar adiante os 12 capítulos do original que hoje se conhece como *Sanditon*.

Após sua morte, na divisão dos bens feita pela irmã Cassandra, o manuscrito de *Sanditon*[1] ficou com a sobrinha e meia-irmã de James Edward Austen-Leigh, Anna Austen Lefroy. A herdeira seguinte foi a neta de Anna, Mary Isabella Lefroy, que o doou ao King's College, em Cambridge, onde permanece até hoje.

Há também uma cópia desse manuscrito feita por Cassandra Austen,[2] que passou a limpo os originais para uso da família. Foi herdada pelo irmão Francis, que por sua vez legou-a a sua neta Janet R. Sanders. Essa cópia pertence atualmente ao Jane Austen Memorial Trust e faz parte do acervo do Museu Jane Austen em Chawton, a última residência da escritora.

Na segunda edição de sua biografia sobre Jane, James Edward Austen-Leigh publicou apenas excertos de *Sanditon*, no capítulo

---

[1] O fac-símile do manuscrito e suas transcrições podem ser consultados em SUTHERLAND, Kathryn (org.). *Jane Austen's Fiction Manuscripts: a Digital Edition*, 2010. Disponível em: <http://www.janeausten.ac.uk>.

[2] "Jane Austen Day at the Bodleian Library". Disponível em: <http://www.bodleian.ox.ac.uk/news/2010_oct_22>.

"The Last Work", sem no entanto dar-lhe um título. Mencionou apenas como "O último trabalho", e justificou sua decisão:

> Tal fragmento inacabado não pode ser apresentado ao público, mas estou convencido de que alguns admiradores de Jane Austen ficarão felizes em ter conhecimento sobre as últimas criações que tomavam vida em sua mente; e como alguns dos personagens principais já haviam sido esboçados de forma vigorosa, tentarei dar uma ideia deles, apontando trechos da obra.[3]

O manuscrito foi publicado na íntegra pela primeira vez em 1925 por R.W. Chapman, sob o título de *Fragment of a Novel.*[4] Após a publicação, a herdeira da cópia, Janet R. Sanders, escreveu para Chapman dizendo que o nome pretendido para o livro era *The Brothers*:

> Há alguns anos meu pai, o falecido reverendo Edward Austen, o então reitor de Barfrestone, no Kent, filho do almirante *Sir* Francis Austen, contou-me que ele havia ouvido que sua tia Jane tinha a intenção de nomear seu último romance (inacabado) *The Brothers* [Os irmãos].[5]

No entanto William Austen-Leigh, filho de James Edward Austen-Leigh — o primeiro biógrafo — junto com o sobrinho Richard Arthur Austen-Leigh, também escreveu uma biografia:

---

[3] AUSTEN-LEIGH, James Edward. *A Memoir of Jane Austen*. Londres: Richard Bentley & Son, 1886, p. 182.

[4] CHAPMAN, R.W. (org.). *Fragment of a Novel*. Oxford: Clarendon Press, 1925.

[5] AXELRAD, Arthur M. *Jane Austen's Sanditon: a Village by the Sea*. Bloomington: AuthorHouse, 2010, p. 75.

Jane Austen: Her Life and Her Letters, em que menciona o manuscrito como *Sanditon*:[6]

> O balneário é chamado de "Sanditon", e este nome foi dado para os 12 capítulos pela família.

O título "Sanditon", que acabou prevalecendo, tornou-se conhecido somente a partir de 1934, quando R. Brimley Johnson publicou a coletânea *The Works of Jane Austen: Sanditon and Other Miscellanea*.[7]

O texto: introdução comentada

Sanditon é um balneário em ascensão na freguesia de mesmo nome na costa de Sussex, na Inglaterra. O sr. Parker e *lady* Denham, antigos e respeitáveis residentes do local, são os principais investidores do empreendimento. Ao sofrer um pequeno acidente ao retornar de Londres, o casal Parker é socorrido pela família Heywood, que o acolhe por duas semanas. Para retribuir a gentileza dos cuidados recebidos, os Parkers convidam a filha mais velha dos Heywoods, Charlotte, para acompanhá-los a Sanditon. E é através da observadora e inteligente Charlotte Heywood, heroína da história, que vão se conhecendo não só os habitantes do local, mas também os visitantes que começam a chegar para usufruir dos benefícios medicinais e sociais do novo balneário.

[6] AUSTEN-LEIGH, William. *Jane Austen: Her Life and Her Letters*. Londres: Smith, Elder & Co, 1913, p. 381.
[7] AXELRAD, Arthur M., op. cit.

A primeira leitura de *Sanditon* não leva o leitor ao conhecido mundo dos livros anteriores de Jane Austen, e as opiniões sobre o manuscrito são diversas.

Seu primeiro editor, R.W. Chapman, imaginava que o livro seria do mesmo porte de *Emma* e notava duas tendências: as caricaturas exacerbadas, que considerava um defeito da autora, e a sua atmosfera, que, apesar de não ficar claro, parecia ser uma qualidade.

> O fragmento tem certamente irregularidade e aspereza em sua sátira [...], um defeito do qual os últimos romances estavam praticamente isentos. [...] A outra tendência é uma questão de atmosfera, e é mais ardilosa.[8]

Logo após a publicação de Chapman, em 1925, o romancista E.M. Forster, admirador confesso da autora, escreveu uma resenha[9] bastante severa e pouco positiva. Forster considerou de grande interesse a publicação do manuscrito, mas de "pequeno mérito literário" o conteúdo em si. Uma de suas questões é se haveria algo de novo no desenvolvimento de *Sanditon*, e a seguir passa a enumerar personagens e situações que já teriam ocorrido nos livros anteriores da autora. Completa fazendo considerações nada lisonjeiras sobre a narrativa, que enfatiza a topografia do balneário:

> Há um sabor estranho nesses 11 capítulos que não é facilmente definido: um duplo sabor — meio topografia, meio romance.[10]

---

[8] CHAPMAN, R.W. Chapman. *Jane Austen Facts and Problems*. Oxford: Clarendon Press, 1970, p. 208.

[9] *Nation*, edição de 21 de março de 1925.

[10] Citado por AXELRAD, Arthur M. op. cit., p. 29. Na verdade são 12 capítulos, sendo o último incompleto.

Elizabeth Jenkins, escritora e uma das fundadoras da Sociedade Jane Austen do Reino Unido, diferentemente de Chapman, encontrava brilhantismo na comicidade do texto, e escreveu em sua biografia da autora:

> *Sanditon* é tão brilhantemente cômico que se não fosse pelo fato, como sempre, de seus personagens serem homens e mulheres reais, habitando um mundo real, se poderia descrever como uma farsa.[11]

A srta. Jenkins também considerava novidade dois aspectos em *Sanditon*. Primeiro, o tratamento dado ao vilão *Sir* Edward Denham, que se imagina, sem constrangimento algum, da mesma estirpe de um Lovelace.[12] O segundo aspecto é o cenário que permeia a história, não tão belo como em livros anteriores como *Persuasão*, *Mansfield Park* ou *Emma*:

> [...] mas de uma espantosa sensibilidade, muito distinta de tudo o que ela havia tratado antes e singularmente em harmonia com a história.[13]

Não restam dúvidas de que há coincidências, como apontou Forster, e também uma sátira mais vigorosa no decorrer da narrativa, mencionada por Chapman, mas tudo isso é combinado com personagens reais e o mundo real dos quais fala Elizabeth Jenkins.

A heroína Charlotte Heywood e o provável herói, Sidney Parker, apesar de todas as semelhanças que possamos encontrar com personagens anteriores, são únicos.

---

[11] JENKINS, Elizabeth. *Jane Austen: a Biography*. Londres: Victor Gollancz, 1958, p. 264. A primeira edição é de 1938.

[12] Lovelace, vilão do romance *Clarissa, or the History of a Young Lady* (de Samuel Richardson, publicado em 1748), que violentou a heroína Clarissa.

[13] JENKINS, Elizabeth. op. cit.

Podemos descrever Charlotte Heywood como alegre, franca, paciente, sensata, correta e segura de si, e com essas qualidades poderia ser qualquer uma das heroínas anteriores, mas ao mesmo tempo é única. No entanto, Jane trata de avisar os leitores de que ela não é perfeita, como pode parecer, e alerta, no meio de um parágrafo: "Não quero me exculpar pela vaidade de minha heroína."

Apesar das poucas linhas escritas sobre Sidney Parker, vislumbramos nele o herói da história. Ele tem a idade aproximada do sr. Darcy, entre 27 a 28 anos, e o bom humor do sr. Tilney, mas é mais sarcástico e bem mais mundano que seus anteriores, quase um sr. Crawford redimido, o charmoso vilão de *Mansfield Park*.

Dessa forma, na vida real, os sentimentos e comportamentos dos personagens não mudam, mas a Inglaterra desse período estava mudando. A Revolução Industrial havia muito estava em curso, e o final da guerra com a França, com a derrota de Napoleão na batalha de Waterloo, trazia mudanças, em maior ou menor grau, para todos, que começavam a usufruir as benesses advindas desses acontecimentos.

Um aspecto inovador em *Sanditon* é a abordagem das questões econômicas. Sempre tratadas por Jane Austen no âmbito familiar, em *Sanditon* passam a ser discutidas numa dimensão pública. Um dos exemplos é o ceticismo do sr. Heywood ao saber do novo balneário: ele, que vive muito bem com sua família no pequeno vilarejo de Willingden e não frequenta lugares da moda, como Bath, preocupa-se com a economia local. E comenta com o sr. Parker:

> A cada cinco anos, a gente ouve falar de um novo lugar ou de outro que esteja começando na praia e entrando na moda. Como poderá a metade deles ser povoada é o que me

surpreende! Onde encontrar tanta gente com dinheiro e folga para ir a eles! Um mau negócio para a região, certamente os preços dos gêneros irão subir e os pobres sofrerão ainda mais... como talvez o senhor também ache.

Ao responder que Sanditon está livre dos "males da civilização", por seu tamanho e pelos méritos de seus habitantes, o sr. Parker (ou Jane Austen) coloca o pequeno balneário em franca oposição aos grandes centros, entre eles Bath, citado pelo sr. Heywood. Contradizendo sua própria crítica, Parker é o maior entusiasta e colaborador de *lady* Denham, que, apesar de sua sovinice indisfarçável, é a principal investidora no desenvolvimento do balneário.

A preocupação com a saúde e alimentação é um dos temas dominantes no livro, e sobressai principalmente das atitudes contraditórias dos personagens.

Na abertura do primeiro capítulo o sr. Parker está à procura de um médico para o balneário de Sanditon, baseado na crença de que muitos hóspedes, incluindo parte de sua família, viriam para lá para tratar da saúde. Mas nem todos concordam.

Lady Denham, com setenta anos e ótima saúde, abomina os médicos desde que pagou as consultas para o último marido, e se espanta com a busca do sr. Parker: "Ir procurar um doutor! De que nos serve um doutor aqui?" Ela também teme que seus empregados e os mais pobres, tendo um médico à disposição, resolvam adoecer, o que não a impede de receitar para os futuros hóspedes os bons ares de Sanditon, o leite de suas jumentas e seu cavalo de molas.[14]

[14] Em inglês, *chamber-horse* (literalmente, cavalo de quarto), nome dado a uma cadeira usada para exercícios que consistia em um assento de couro com várias camadas de molas onde o usuário se sentava e, segurando-se nos braços, pulava para cima e para baixo, simulando assim um exercício de equitação.

As irmãs Parker, Diana e Susan, junto do caçula, Arthur, são os personagens mais cômicos de *Sanditon*. Além da graça do exagero, comum nos hipocondríacos, são tipos atualíssimos que se automedicam e se fartam a comer gorduras, como Arthur Parker. E, como era de se esperar, dizem não confiar em médicos:

> Rompemos definitivamente com a súcia médica. Consultamos médico após médico em vão, até nos convencermos de todo de que eles não podem fazer nada por nós e devemos confiar no conhecimento que temos de nossas precárias constituições se quisermos obter qualquer alívio.

Com apenas 21 anos, Arthur é o exemplo acabado de má alimentação e indolência. Seu próprio irmão reconhece que uma profissão, e consequentemente um trabalho, lhe faria bem à saúde e às finanças:

> É uma infelicidade que ele se imagine tão doente para poder exercer qualquer profissão e se contente, aos 21 anos, com os magros rendimentos de sua herança sem qualquer intenção de tentar aumentá-los ou exercer qualquer ocupação que possa ser útil para ele e para os seus.

Sanditon é extraordinário principalmente pela comédia que se descortina sobre o tema saúde e doença e que nos mostra que o senso de humor de Jane Austen se manteve intacto mesmo nas condições mais adversas de saúde.

Talvez por ser um livro que, diferentemente de *Os Watsons*, Jane Austen pretendia levar adiante, *Sanditon* foi o primeiro dos inacabados a inspirar uma continuação.

Por volta de 1830, Anna Austen Lefroy, sobrinha de Jane, deu início a uma continuação, mas também não conseguiu terminar. Seu trabalho veio a público somente em 1983, quando foi transcrito e apresentado por Mary G. Marshall, com o título *Jane Austen's Sanditon: a Continuation by her Niece, Together with Reminiscences of Aunt Jane*,[15] e publicado numa edição limitada de quinhentos exemplares.

Um século depois, Alice Cobbett escreveu *Somehow Lengthened: a Development of Sanditon*,[16] obra que faz parte de muitas bibliografias, mas rara e, portanto, sem referências.

Muitas outras se seguiram: *Sanditon, Jane Austen and Another Lady*, de Marie Dobbs (1975) adotou a linguagem e o estilo de Austen, sendo a mais apreciada entre as sequências; *Jane Austen's Charlotte: her Fragment of a Last Novel Completed*, de Julia Barrett (2000) com modificações substanciais no enredo e nos personagens; e, *The Brothers by Jane Austen and Another Lady*, de Helen Baker (2009), em que os 12 capítulos originais foram incorporados à história completa com a singularidade de ter optado pelo título *The Brothers*.

Em 2008, Reginald Hill, autor conhecido por seus personagens detetives Dalziel e Pascoe, desenvolveu, em homenagem às janeites, *A Cure for All Diseases*[17] no balneário de Sandytown, permeada pela história de Jane Austen e tendo em Charlotte Heywood uma das principais personagens.

---

[15] LEFROY, Anna Austen. *Austen's Sanditon: a Continuation by Her Niece, Together with Reminiscences of Aunt Jane*. Transcrito e editado por MARSHALL, Mary G. Chicago: Chiron Pres, 1983.

[16] COBBETT, Alice. *Somehow Lengthened: a Development of Sanditon*. Londres: Ernest Benn, 1983.

[17] HILL, Reginald. *A Cure for All Diseases*. Londres: HarperCollins, 2008; ou *The Price of Butcher's Meat*, título da edição norte-americana. Nova York: HarperCollins, 2008.

Para além da notoriedade em vida, ou póstuma, uma das mais contundentes manifestações da qualidade de um autor é a vontade de o leitor conhecer suas obras, ainda que inacabadas (ou talvez por isso mesmo). Jane Austen é testemunho deste apreço e da dedicação de milhares de leitores, não só com *Sanditon*, mas com toda sua obra sendo publicada continuamente e as inúmeras sequências.

Raquel Sallaberry

Sanditon

I

Um cavalheiro e uma senhora, viajando a negócios de Tunbridge para a parte costeira de Sussex entre Hastings e Eastbourne, foram induzidos a abandonar a estrada principal e se aventurar por uma vereda escarpada, e, ao tentarem uma longa subida, meio pedra, meio areia, seu veículo tombou. O acidente ocorreu logo depois de passarem pela única moradia próxima à vereda, casa essa que o condutor da carruagem, ao ser solicitado a prosseguir naquela direção, julgou ser o objetivo final da viagem, e por isso foi com a expressão mais insatisfeita que se viu na obrigação de seguir por ali. Resmungava amiúde e encolhia os ombros, açoitando os cavalos tão duramente que não estaria a salvo das suspeitas de haver feito a carruagem tombar de propósito (especialmente por não ser esta de propriedade de seu amo), caso a estrada não tivesse se tornado indubitavelmente pior do que antes. Assim que as imediações da dita casa ficaram para trás, deu a entender, com a mais agourenta das fisionomias que, além dali, nenhum veículo, a não ser carroças, poderia seguir com segurança. A gravidade da queda foi amenizada por estarem avançando muito devagar e pela estreiteza do caminho; tanto o cavalheiro, que se arrastou para fora, quanto a companheira, que ele ajudou a sair, a princípio não sentiram mais do que arranhões e os abalos da queda. Mas o cavalheiro havia, no ato de se libertar, torcido o tornozelo; e, logo sentindo os efeitos da torção, teve de interromper suas repreensões ao cocheiro ante a satisfação de ver que estavam bem tanto ele quanto a esposa, indo sentar-se à beira da estrada, incapaz que estava de ficar de pé.

— Estou sentindo algo aqui — disse ele, apertando com a mão o calcanhar. — Mas não se preocupe, minha querida — continuou, olhando para ela com um sorriso —, isso não poderia, como sabe, ter ocorrido em lugar mais propício, ainda bem. Era o que de melhor poderíamos desejar. Em breve seremos socorridos. *Lá*, imagino, está a minha cura — disse, apontando para a nítida silhueta de um chalé que se via romanticamente situado em meio a um bosque numa elevação do terreno a pouca distância dali.

— *Aquilo* não promete ser o próprio lugar? — A esposa desejou fervorosamente que de fato fosse, mas estava ali parada, atemorizada e ansiosa, sem poder fazer nem sugerir nada, até vislumbrar uma primeira e real ajuda no vulto de várias pessoas que vinham em seu auxílio. O acidente fora percebido a distância desde um campo de feno próximo da casa pela qual haviam passado. E as pessoas que se aproximavam eram um bem-apessoado senhor de meia-idade, robusto e de aspecto cavalheiresco; o proprietário do campo, que por acaso estava entre os segadores no momento; e três ou quatro deles entre os mais hábeis que se prontificaram a seguir o patrão; para não mencionar todo o resto do campo, homens, mulheres e crianças não muito distantes dali. O sr. Heywood, tal era o nome do proprietário, aproximou-se com um cumprimento muito cordial, muito preocupado com o acidente, um tanto surpreso em ver alguém arriscar-se em carruagem por aquela estrada, e de imediato ofereceu seus préstimos. Sua oferta de ajuda foi aceita com afabilidade e gratidão, e, enquanto um ou dois homens prestavam ajuda ao cocheiro para levantar a carruagem, o viajante disse:

— Está sendo extremamente gentil, meu caro senhor, e confio em sua palavra. O ferimento que tenho na perna me parece insignificante. Mas é sempre melhor nestes casos, como bem sabe, ter o parecer de um médico sem perda de tempo; e, como a estrada não parece estar em condições para eu ir ao encontro dele, peço-lhe o favor de mandar um de seus homens buscá-lo.

— Quem, o médico? — perguntou o sr. Heywood. — Temo que o senhor não venha encontrar nenhum médico à mão por aqui, mas devo garantir que poderemos nos arranjar perfeitamente sem ele.

— Desculpe, senhor, mas, se *ele* não estiver disponível, seu assistente poderá igualmente tratar-me, ou mesmo até melhor. Aliás preferiria que viesse o assistente. Estou certo de que um de seus bons empregados poderá chegar a ele em três minutos. Não preciso dizer que daqui esteja a ver a casa — disse ele olhando em direção ao chalé —, pois, excetuando-se a sua, não passamos nesta região por nenhuma que possa ser a residência de um médico.

O sr. Heywood olhou para ele um tanto espantado.

— O quê, meu caro senhor! Está esperando encontrar um médico naquele chalé? Não temos médico nem assistente em toda a freguesia, asseguro-lhe.

— Peço-lhe desculpas, caro senhor — replicou o outro —, por parecer que esteja a contradizê-lo, mas, considerando o tamanho da freguesia ou alguma outra causa de que o senhor possa não estar ciente, acho que... espere lá... estarei eu enganado quanto ao lugar? Não estou mesmo em Willingden? Aqui não é Willingden?

— É de fato, caro senhor, aqui é certamente Willingden.

— Então, caro senhor, posso lhe dar a prova de que existe um médico nesta freguesia, seja isso do seu conhecimento ou não. Aqui está, caro senhor — disse, tirando do bolso sua agenda —; se fizer o favor de dar uma olhada nestes anúncios, que recortei do *Morning Post* e da *Kentish Gazette* ainda ontem mesmo de manhã em Londres, penso que ficará convencido de que não estou falando por falar. Verá que se trata do anúncio da dissolução de uma associação médica "em sua própria freguesia", "expansão de negócios", "reputação ilibada", "ótimas referências", "desejando estabelecer um consultório independente". Aqui está o texto completo, caro senhor — disse ao outro, oferecendo dois pequenos recortes oblongos.

— Meu caro, mesmo que o senhor me mostrasse todos os jornais impressos nesta semana em todo o país, não iria me convencer de que existe um médico em Willingden — disse o sr. Heywood com um sorriso bem-humorado. — Moro aqui desde menino há 57 anos e penso que deveria conhecer o tal personagem. Pelo menos posso me arriscar a dizer que essa pessoa não tem tido lá muito trabalho. Na verdade, se os pacientes tiverem que subir esta encosta em berlindas, não será de bom alvitre para um médico ter sua casa no alto da colina. Quanto àquele chalé, posso assegurar-lhe que, na verdade, a despeito de seu ar elegante visto a distância, é tão modesto quanto qualquer outro sobrado da freguesia e que meu caseiro vive num dos extremos e três velhas senhoras no outro.

Ele tomou os recortes enquanto falava e, tendo-os examinado, acrescentou:

— Creio ter agora a explicação. O senhor se enganou *foi* de lugar. Há duas Willingden nesta região. E estes anúncios devem se referir à outra, que é a Great Willingden, ou Willingden Abbots, que fica a dez quilômetros de distância do outro lado de Battle. Lá bem no meio da mata. E *nós*, caro senhor — acrescentou um tanto orgulhoso — estamos fora dela.

— Não lá *no meio* da mata, sem dúvida — replicou o viajante gracejando. — Levamos meia hora só para subir a colina. Bem, é forçoso dizer que o senhor tem razão e que cometi uma tremenda e estúpida mancada. Por questão de um momento. O anúncio só despertou minha atenção na última meia hora em que passamos na cidade; tudo na pressa e na confusão que sempre ocorrem numa curta estadia por lá. A gente nunca consegue concluir nada na linha de negócios, bem sabe, até que a carruagem chegue à porta. Então, satisfazendo-me com uma breve indagação e achando que estávamos de fato a pouco mais de dois ou três quilômetros de uma *Willingden, eu* não pensei mais nada... Minha cara (para a esposa), lamento muito tê-la metido nesta enrascada. Mas não se alarme em relação à minha perna. Não tenho dores enquanto estou quieto. E, assim que esta boa gente conseguir botar a carruagem de pé e atrelar os cavalos, a melhor coisa que teremos a fazer será voltar pelo mesmo caminho até a bifurcação e seguir de lá para Hailsham, em direção a casa sem esperar mais nada. Em duas horas estaremos lá a partir de Hailsham. E, uma vez lá, teremos o tratamento à mão, bem sabe. A brisa do nosso pequeno braço de mar logo me porá novamente de pé. Pode confiar, minha querida: é um caso para o mar resolver. O ar salino e as imersões farão o resto. Já estou pressentindo tudo isso.

De maneira muito cordial, o sr. Heywood interferiu neste ponto, rogando-lhes que não pensassem em prosseguir antes que o tornozelo fosse examinado e que tomassem algum refresco em sua casa, e instando-lhes cordialmente a que a usassem para ambos os propósitos.

— Sempre temos boa provisão de remédios caseiros para torceduras e arranhões. E garanto-lhes que minha mulher e minhas filhas terão muito prazer em servi-los naquilo que estiver a seu alcance.

Uma ou outra pontada, na tentativa de mover o pé, convenceu o viajante a considerar com mais atenção do que antes os benefícios de uma imediata assistência, e, consultando a esposa em rápidas palavras (— Bem, minha cara, penso que será melhor para nós), voltou-se de novo para o sr. Heywood e disse:

— Antes de aceitarmos sua hospitalidade, caro senhor, e a fim de afastar qualquer impressão desfavorável que esta perseguição absurda em que me encontrou lhe possa ter causado, permita que me apresente. Chamo-me Parker, o sr. Parker de Sanditon; esta senhora, minha esposa, é a sra. Parker. Estávamos vindo de Londres para a nossa casa. Embora eu não seja de modo algum o primeiro da família a ter uma propriedade rural na freguesia de Sanditon, meu nome talvez seja desconhecido a esta distância da costa. Mas quanto a Sanditon... certamente todos já ouviram falar de Sanditon. O local favorito para uma nova e crescente estação balneária, decerto o lugar favorito entre todos os que se situam na costa de Sussex; o mais favorecido pela natureza e que promete vir a ser o escolhido pela gente...

— Sim, já ouvi falar de Sanditon — replicou o sr. Heywood. — A cada cinco anos, a gente ouve falar de um novo lugar ou de outro que esteja começando na praia e entrando na moda. Como poderá a metade deles ser povoada é o que me surpreende! Onde encontrar tanta gente com dinheiro e folga para ir a eles! Um mau negócio para a região, certamente os preços dos gêneros irão subir e os pobres sofrerão ainda mais... como talvez o senhor também ache.

— De maneira alguma, meu caro senhor, de maneira alguma — exclamou o sr. Parker impaciente. — Pelo contrário, asseguro-lhe. É a ideia geral, mas um equívoco. Isso pode se aplicar aos lugares desenvolvidos, superpovoados como Brighton ou Worthing ou Eastbourne, mas *não* a um vilarejo como Sanditon, impedido por suas dimensões de sofrer quaisquer males da civilização; ao passo que o crescimento do lugar, as edificações, as sementeiras, a demanda por tudo e a segura existência das melhores companhias (dessas famílias regulares, sólidas e reservadas dotadas de nobreza e caráter que são uma bênção em qualquer parte) estimulam o trabalho dos pobres e difundem o conforto e o desenvolvimento de toda a sorte entre eles. Não, meu caro senhor, asseguro-lhe que Sanditon não é um lugar...

— Não quis dizer que não haja exceções em algum lugar em particular — respondeu o sr. Heywood —, só penso que a nossa costa está repleta deles. Mas não seria melhor levar o senhor...

— Nossa costa está repleta! — repetiu o sr. Parker. — Talvez nesse ponto não possamos de todo discordar. Pelo menos já há *o bastante*. Nossa costa já está muito explorada. Não precisa de mais. Atende ao gosto e às finanças de cada um. E essa boa gente que está tentando ampliar o número das estações balneárias, na minha opinião, insiste num exagero e em breve se verá vítima de seus próprios cálculos falaciosos. Um lugar como Sanditon, senhor, posso dizer que foi sonhado, foi exigido. A natureza selecionou-o, indicou-o em caracteres maiúsculos. A brisa mais pura e suave da costa, tida como tal, banhos excelentes, areia fina e firme, águas profundas a dez metros da praia, sem lama, sem ervas, sem pedras escorregadias. Nunca houve um lugar mais claramente projetado pela natureza para ser o balneário de enfermos, o verdadeiro lugar de que milhares de pessoas estavam à procura! À mais conveniente distância de Londres! Um quilômetro e meio mais perto do que Eastbourne. Imagine apenas, senhor, a vantagem de economizar toda essa distância numa longa viagem. Mas Brinshore, senhor, na qual acredito esteja pensando, as tentativas de dois ou três especuladores em Brinshore no ano passado de promover aquele mesquinho povoado, situado como está entre um charco estagnado, uma charneca árida e as constantes emanações de um brejo de algas putrefatas, não pode resultar em nada a não ser em decepção. E, em nome do bom senso, Brinshore poderia ser *recomendável*? Um ar muitíssimo insalubre, estradas sabidamente detestáveis, água suja sem igual, sendo impossível ter-se uma boa chávena de chá num raio de cinco quilômetros em redor. E, quanto ao solo, é tão gelado e infértil que nem consegue produzir um repolho que seja. Confie em mim, senhor, que esta é uma descrição a mais fiel de Brinshore, sem o mínimo grau de exagero, e se o senhor ouviu falar dela de modo diverso...

— Meu senhor, eu nunca ouvi falar dela em toda a minha vida — disse o sr. Heywood. — Nem sabia que havia tal lugar no mundo.

— Não sabia! Veja, minha cara — voltando-se com exultação para a esposa —, veja como são as coisas. Eis a celebridade de Brinshore! Este senhor nem sabia existir tal lugar no mundo. Pois bem, meu senhor, na verdade creio que poderíamos aplicar a Brinshore aqueles versos do poeta Cowper descrevendo a aldeã religiosa, que ele opõe a Voltaire: "*Ela* nunca ouviu falar de algo que esteja a cerca de um quilômetro de casa."

— Sinceramente, caro senhor, aplique a isso os versos que quiser. Mas quero ver é algo aplicado à sua perna. E estou certo, pelas feições de sua senhora, de que ela é bem da minha opinião e acha inútil estarmos perdendo mais tempo aqui. E lá vêm minhas filhas para falar por elas próprias e pela mãe delas.

Duas ou três jovens amáveis e simpáticas, seguidas por outras tantas criadas, estavam agora saindo das portas da casa.

— Estava admirado que o alvoroço ainda não tivesse chegado a *elas*. Um incidente deste gênero logo se torna um acontecimento num lugar solitário como o nosso. Agora vejamos, senhor, qual a melhor maneira de conduzi-lo até a casa.

As jovens chegaram e disseram tudo o que seria próprio para reforçar as ofertas do pai e sem a menor afetação trataram de propiciar comodidades aos viajantes. Como a sra. Parker estivesse ansiosamente necessitada de repouso, e o marido a essa altura não muito menos inclinado a isso, não fizeram cerimônia; mesmo porque a carruagem, agora posta em pé, revelou ter sofrido no lado da queda tais estragos que tornavam imprópria a sua utilização. O sr. Parker foi carregado então para a casa, e a carruagem empurrada para dentro de um galpão vazio.

II

O relacionamento, embora tivesse começado de maneira singular, não foi nem breve nem destituído de importância. Os viajantes tiveram que permanecer uns bons 15 dias em Willingden, já que a entorse sofrida pelo sr. Parker revelou-se mais séria, não lhe permitindo movimentar-se antes disso. Tinha caído em muito boas mãos. Os Heywoods eram uma família altamente respeitável e as mínimas atenções foram propiciadas da maneira mais gentil e despretensiosa tanto ao esposo quanto à mulher. *Ele* foi atendido e tratado, e *ela* animada e reconfortada com infatigável amabilidade; e como todas as demonstrações de hospitalidade e estima foram recebidas da devida forma, e não havendo mais boa vontade de uma parte do que gratidão da outra, e nenhuma deficiência nos procedimentos geralmente agradáveis de ambos, todos acabaram por se apreciar muitíssimo no curso daqueles dias de convívio. O caráter do sr. Parker e sua história foram logo revelados. Tudo o que ele achava de si mesmo era imediatamente dito, por ser muito expansivo, e, mesmo quando não era compreendido, sua conversação continuava informativa a ponto de os Heywoods poderem compreender. Por ela era possível perceber que se tratava de uma pessoa entusiasta, e de maneira total quando falava de Sanditon. Pois Sanditon, o êxito de Sanditon como um pequeno povoado que se tornava o balneário da moda, parecia ser o objetivo máximo de sua vida. Poucos anos antes, havia ali um vilarejo bisonho e despretensioso; mas algumas vantagens naturais de sua localização e certas circunstâncias acidentais sugeriram a ele e ao outro proprietário rural mais importante a possibilidade de formar um projeto rentável, e ambos se dedicaram a isso, planejando e construindo, encarecendo-o, exaltando-o e elevando-o a algo de um futuro tão promissor que o sr. Parker agora quase não tinha mais em que pensar. Ele expôs os fatos seguintes de maneira direta: estava com 35 anos, casado, muito bem-casado, por sinal, havia sete anos, e com quatro belos filhos em casa; era de família respeitável e dispunha de uma próspera, embora não vultosa, fortuna; sem profissão, pois herdara como filho mais velho a propriedade cuidada e ampliada antes dele havia duas ou três gerações; tinha dois irmãos e duas irmãs, todos solteiros e independentes, sendo que o mais velho desses, na verdade, por herança colateral, já era muito bem-aquinhoado por si mesmo. Seu intuito de deixar a estrada principal para ir à procura de um médico, que anunciara sua disponibilidade nos jornais, era inteiramente justificada. Não decorrera, de modo algum, de qualquer intenção de luxar o tornozelo nem provocar qualquer outro ferimento para proveito do dito médico nem (como o sr. Heywood esteve propenso a pensar) de qualquer intenção de fazer sociedade com ele; fora meramente consequência de seu desejo de levar a estabelecer-se em Sanditon um profissional de medicina, propósito que a natureza do anúncio o induzia a esperar que se realizasse em Willingden. Estava convencido de que ter um médico ao alcance da mão promoveria materialmente o surto e a prosperidade do lugar, realmente imprimiria uma prodigiosa influência; não queria nada mais que isso. Tinha *fortes* razões para acreditar que *uma* família havia desistido de frequentar Sanditon no ano anterior exatamente por essa falta, e decerto haveria muitas mais, dado que suas próprias irmãs, que eram umas pobres inválidas que ele andava ansioso por levar a Sanditon naquele verão, dificilmente poderiam se arriscar num lugar onde não tivessem uma assistência médica imediata. De um modo geral, o sr. Parker era um amável homem de família, orgulhoso de sua esposa, seus filhos, seus irmãos e suas irmãs, uma pessoa de bom coração, liberal, cavalheiresco, fácil de agradar; de um raciocínio rápido, com mais imaginação que discernimento. E a sra. Parker era evidentemente uma pessoa amável, educada, de temperamento dócil, a mulher ideal para um homem de forte compreensão, mas incapaz de prover a mais simples reflexão de que seu próprio marido necessitava às vezes; e, à espera de ser orientada em todas as ocasiões, fosse em caso de ele arriscar sua fortuna ou de ele torcer o tornozelo, ela sempre se mostrava igualmente inativa. Sanditon era uma segunda esposa e quatro filhos para ele, algo pouco menos estimado, mas decerto mais absorvente. Podia falar a esse respeito indefinidamente. O lugarejo possuía sem dúvida as mais altas qualidades, não apenas por ser sua terra natal e por lá estarem sua propriedade e seu lar; era também sua mina, sua sorte grande, seu investimento e sua diversão; nele empregava seu tempo, sua esperança e seu futuro. Vivia extremamente ansioso por carregar seus amigos de Willingden para lá, e seu empenho no caso era tão grato e desinteressado quanto caloroso. Ele queria consagrar a promessa de uma visita, contar com o maior número possível de pessoas de sua própria família para acompanhá-lo a Sanditon o quanto antes; e, saudáveis como inegavelmente elas eram, previu que todas se beneficiariam com o mar. Sustentava como certo que ninguém poderia sentir-se realmente saudável, que ninguém (ainda que preservado no momento pelo auxílio fortuito de exercícios e mantendo uma aparência de saúde) poderia sentir-se num estado de boa forma, segura e permanente, sem passar pelo menos seis semanas à beira-mar todos os anos. O ar da praia e os banhos marinhos conjugados eram praticamente infalíveis, tanto um como o outro sendo o adversário ideal para qualquer indisposição do estômago, dos pulmões ou do sangue. Eram antiespasmódicos, antissépticos, antibiliares e antirreumáticos. Era impossível alguém se resfriar junto ao mar; a ninguém faltaria apetite junto ao mar; nem lhe faltaria o ânimo; ninguém se sentiria debilitado. Os ares marinhos eram curativos, calmantes, relaxadores, capazes de fortalecer e revigorar, conforme se quisesse, ora de uma forma, ora de outra. Se a brisa marinha falhava, os banhos de mar eram o corretivo perfeito; e, onde os banhos não funcionassem, bastava a brisa marinha, evidentemente determinada pela natureza para curar. Sua eloquência, no entanto, não bastava para persuadi-los. O sr. e a sra. Heywood nunca deixaram a casa. Tendo se casado cedo e constituído uma numerosa família, seus deslocamentos, desde muito, se limitavam a um pequeno círculo de ação; e eram mais antiquados nos hábitos que na idade. Exceto duas idas a Londres por ano, para receber seus dividendos, o sr. Heywood não ia além de seus próprios passos ou até onde seu velho e cauteloso cavalo o podia levar; e as saídas da sra. Heywood se resumiam vez por outra em visitar seus vizinhos na velha carroça que fora nova quando se casaram e sofrera uma reforma quando o filho mais velho chegou à maioridade, ou seja, dez anos antes. Tinham uma bela propriedade; tivesse a família permanecido em limites razoáveis, seria o suficiente para lhes permitir a fruição generosa de luxos e distrações; também o bastante para lhes propiciar a compra de uma nova carruagem, o acesso por melhores estradas e passar ocasionalmente um mês em Tunbridge Wells e, nos sintomas de gota, um mês de inverno em Bath. Mas o sustento, a educação e a criação de 14 filhos demandavam um estilo de vida calmo, bem-assentado e cuidadoso, obrigando-os a permanecer fixados e saudáveis em Willingden. A prudência, que a princípio era apenas acatada, tornara-se agradável com o hábito. Nunca saíam de casa e tinham prazer em afirmá-lo. Mas, longe de querer que os filhos fizessem o mesmo, compraziam-se em promover suas saídas de casa tanto quanto possível. Permaneciam em casa para que os filhos pudessem sair; e, embora fazendo o lar extremamente confortável, aclamavam qualquer mudança que pudesse levar conhecimentos úteis ou relações respeitáveis aos filhos e filhas. Quando enfim o sr. e a sra. Parker deixaram de insistir para que lhes fizessem uma visita familiar e passaram a considerar a hipótese de levar com eles uma das filhas do casal, não opuseram qualquer objeção. A alegria e o consentimento foram generalizados. O convite recaiu sobre a srta. Charlotte Heywood, uma encantadora jovem de 22 anos, a mais velha das filhas solteiras, que, sob a orientação da mãe, se mostrara particularmente útil e prestativa para com eles, a que melhor os servia e os conhecia melhor. Charlotte dispôs-se a ir: gozando de excelente saúde, iria tomar banhos de mar e sentir-se ainda melhor, se possível, desfrutando de todos os prazeres que Sanditon pudesse lhe proporcionar para exprimir a gratidão daqueles que a traziam; e para comprar novas sombrinhas, luvas e bijuterias para as irmãs e para si própria no bazar da biblioteca que o sr. Parker estava ansiosamente desejoso de apoiar. Tudo o que se pôde obter do próprio sr. Heywood foram as promessas de que enviaria a Sanditon todos aqueles que o consultassem a respeito e de que nada no mundo poderia convencê-lo (tanto quanto se poderia esperar do futuro) a gastar um níquel que fosse em Brinshore.

III

Toda comunidade deve ter uma grande dama. A grande dama de Sanditon era *lady* Denham; e, em sua viagem de Willingden para a costa, o sr. Parker deu a Charlotte uma descrição dela muito mais detalhada do que lhe fora solicitado fazer. Certamente teriam ouvido falar a respeito dela em Willingden, pois, sendo ambas as cidades associadas a interesses imobiliários, a própria Sanditon não podia ser mencionada sem que se fizesse a apresentação de *lady* Denham. Que era uma senhora idosa e muito rica, que já enterrara dois maridos, que sabia o valor do dinheiro, que era muito considerada e tinha um sobrinho pobre com quem morava eram fatos já bastante conhecidos; mas alguns detalhes menos divulgados de sua história e de seu caráter serviram para amenizar o tédio de uma longa subida ou de um trecho mais castigado da estrada e para dar à jovem um conhecimento mais adequado da pessoa com a qual a partir de agora era de se esperar que entrasse diariamente em contato. Em solteira, *lady* Denham fora a rica srta. Brereton, nascida para ter fortuna, mas não cultura. Seu primeiro marido, o sr. Hollis, possuía consideráveis propriedades na região, uma grande parte das quais na freguesia de Sanditon, com a casa senhorial separada das outras moradias. Já era um homem bastante maduro quando se casou, estando ela própria por volta dos trinta. Podiam parecer pouco compreensíveis, à distância de quarenta anos, as razões de ela ter mantido aquele casamento, mas o certo é que tratara tão bem o sr. Hollis que este deixou, quando morreu, todos os seus bens à disposição dela. Após uma viuvez de poucos anos, viu-se induzida a se casar de novo. O falecido *Sir* Harry Denham, de Denham Park, nas imediações de Sanditon, conseguiu transferi-la juntamente com toda a sua renda para os domínios dele, mas não chegou a realizar o intuito, que lhe era atribuído, de com isso enriquecer toda a sua família. A senhora fora bastante prudente em não deixar que nada escapasse a seu controle e, quando da morte de *Sir* Harry, ao voltar novamente para a sua casa em Sanditon, dizem que afirmara com orgulho a um amigo que "embora não tivesse obtido daquela família senão um título, pelo menos nada lhe dera a fim de obtê-lo". É de supor que tenha se casado por causa do título, e o sr. Parker afirmava que ela agora atribuía bastante importância a isto a ponto de se poder dar à sua conduta aquela explicação.

— Às vezes — dizia ele —, ela demonstra um pouco de presunção, embora não ofensiva, mas há momentos, há circunstâncias em que seu amor pelo dinheiro é levado longe demais. Mas é uma mulher de boa natureza, de muito boa natureza, muito agradecida, vizinha amiga, alegre, independente, um caráter valioso, e seus erros devem ser imputados inteiramente à sua falta de instrução. Dotada de certa inteligência, mas bastante inculta. Tem a alma forte e uma saúde magnífica para uma mulher de setenta anos, e toma parte com uma animação admirável nos trabalhos de melhoria de Sanditon, mesmo que de tempos em tempos demonstre uma certa pusilanimidade. Não chega nunca a enxergar tão longe quanto eu gostaria e se alarma com despesas insignificantes e momentâneas sem levar em conta os benefícios que delas se poderão tirar um ano ou dois mais tarde. Ou seja, pensamos de maneira diferente. Vez por outra, vemos as coisas de modo diverso, srta. Heywood. Os que contam a própria história, como sabe, devem ser ouvidos com cautela. Quando nos vir em contato, julgará por si mesma.

Lady Denham era de fato uma grande dama acima das contingências normais da sociedade, pois tinha muitos milhares de renda anual para deixar à posteridade e três grupos distintos de pessoas para cortejá-la: seus próprios parentes, que podiam com razão desejar que as suas trinta mil libras voltassem para eles; os herdeiros legais do sr. Hollis, que deviam esperar ser um dia mais reconhecidos pelo senso de justiça dela do que não lhes tinha sido concedido ser em relação ao do sr. Hollis; e os membros da família Denham, para os quais seu segundo esposo esperara obter alguma vantagem. De todos esses, ou ramos desses, ela sem dúvida tinha desde muito sofrido, e continuava a sofrer, ataques; e, dessas três facções, o sr. Parker não hesitava em dizer que os parentes do sr. Hollis eram os menos favorecidos e que os de *Sir* Harry Denham os mais. Os primeiros, pensava, tinham se desacreditado irremediavelmente ao exprimir de maneira tola e injustificável seus ressentimentos por ocasião da morte do sr. Hollis; já os últimos tinham a vantagem de ser os remanescentes de um relacionamento que ela decerto valorizava, de terem sido conhecidos dela desde a infância e de se acharem sempre próximos dela para poder salvaguardar seus interesses mediante razoáveis atenções. *Sir* Edward, o atual baronete, sobrinho de *Sir* Harry, tinha Denham Park como residência permanente; e o sr. Parker não duvidava de que ele e sua irmã, a srta. Denham, que vivia com ele, seriam os principais lembrados no testamento. Ele sinceramente esperava isso. A srta. Denham tinha uma renda muito reduzida; e o irmão era considerado pobre para o seu nível social.

— Ele é um caloroso amigo de Sanditon — disse o sr. Parker —, e sua mão seria tão liberal quanto seu coração, caso ele pudesse. Seria um nobre coadjutor! No estado atual das coisas, faz o que pode e está construindo um pomposo chalé de muito bom gosto numa faixa de terra que *lady* Denham lhe concedeu, para o qual não tenho dúvida de que teremos muitos candidatos até mesmo antes do fim da estação.

Nos últimos 12 meses, o sr. Parker vinha considerando *Sir* Edward um personagem sem rival, alguém com a mais promissora chance de sucesso na obtenção da maior parte da herança que *lady* Denham tinha a legar; mas havia agora as pretensões de outra pessoa a serem levadas em conta: as da jovem parente que *lady* Denham fora levada a acolher em sua família. Depois de ter protestado continuamente contra quaisquer incursões desse gênero e de se ter divertido com as repetidas derrotas que impusera a todas as tentativas de seus parentes de introduzir em Sanditon House esta jovem a título de companhia, ela própria trouxera de Londres, nas últimas festas de setembro, uma srta. Brereton, que bem prometia por seus méritos rivalizar-se em seu coração com *Sir* Edward e assegurar para si e para a sua família a parte dos bens da dama que eles certamente tinham todo o direito de herdar. O sr. Parker referiu-se de maneira calorosa a Clara Brereton, e o interesse de sua história aumentou bastante com a introdução de tal personagem. Charlotte se mostrava agora mais que divertida ao ouvir; havia solicitude e satisfação ao notar a moça ser descrita como adorável, encantadora, gentil e modesta, comportando-se sempre com grande bom senso e ganhando a afeição de sua benfeitora evidentemente graças aos seus méritos naturais. A beleza, a doçura, a pobreza e a dependência jamais deixaram de excitar a imaginação de um homem, e, apesar de algumas exceções, as mulheres se condoem prontamente do sofrimento das outras. O sr. Parker contou em detalhes as circunstâncias que levaram à admissão de Clara em Sanditon e apresentou a história como uma boa ilustração do caráter ambíguo, que foi aquela mistura de mesquinharia, gentileza, bom senso e até liberalidade, que via em *lady* Denham. Depois de haver evitado Londres por muitos anos, principalmente por causa daqueles primos que sempre lhe escreviam, convidando-a e atormentando-a, os quais estava determinada a manter a distância, fora obrigada a ir lá por ocasião das festas de setembro com a certeza de que ficaria lá pelo menos uma quinzena. Ficara num hotel, vivendo por conta própria da forma mais prudente possível para desafiar a sabida carestia de tais lugares e, ao fim de três dias, pedira a conta para verificar os gastos. A quantia era tal que ela decidiu não permanecer ali nem mais uma hora e estava se preparando (com toda a sua cólera e agitação, que podiam suscitar nela a certeza de estar sendo explorada e de não saber onde conseguir melhores condições) para deixar o hotel a todo custo, quando os primos, os astuciosos e sortudos primos, que pareciam ter sempre um espião em cima dela, se apresentaram nesse exato momento; e, sabedores de sua situação, persuadiram-na a aceitar um pouso para o restante de sua estadia em suas humildes casas numa parte bastante modesta de Londres. Ela foi, ficou contente com o acolhimento, a hospitalidade e as atenções que recebia de todos; achou que seus bons primos, os Breretons, eram pessoas bem mais estimáveis do que podia supor; e se sentiu finalmente obrigada, constatando por si mesma as escassas condições financeiras em que viviam, a convidar uma das moças da família a passar o inverno em sua casa. Convidou apenas uma das moças e por um período de seis meses, com a possibilidade de uma outra substituí-la; mas, ao selecionar essa primeira, *lady* Denham deixou à mostra o lado bom de seu caráter, pois, passando ao largo das verdadeiras primas da casa, escolheu Clara, uma sobrinha, mais desamparada e mais digna de pena do que as outras, uma sua dependente pobre, uma carga adicional numa família já sobrecarregada; e alguém cujas esperanças no mundo eram tão parcas que, apesar de seus dons e talentos naturais, estava prestes a aceitar uma situação que não era quase nada superior à de uma ama das crianças. Clara regressara com *lady* Denham, e, graças ao seu bom senso e a seus méritos, havia agora, como tudo deixava transparecer, adquirido um lugar bastante seguro à sua vista. Fazia muito os seis meses já haviam passado e nenhuma sílaba foi dita a propósito de troca ou de mudança. Ela era a preferida de todos. A influência de sua firme conduta e de seu temperamento dócil e delicado era apreciada por todos. As prevenções que enfrentara a princípio, por parte de alguns, logo se dissiparam. Via-se que era digna de confiança, que era a companhia ideal para conduzir e amaciar *lady* Denham, para ampliar sua mente e abrir sua mão. Era tão perfeitamente amável quanto era graciosa, e, com o desfrutar dos benfazejos ares de Sanditon, essa graciosidade se completara.

IV

— E de quem é aquela casa maravilhosa? — perguntou Charlotte quando, numa depressão protegida a três quilômetros do mar, passaram próximos de uma construção de tamanho médio, bem cercada de vegetação, onde havia jardim, pomar e campos, riquezas que são os mais belos ornamentos de uma residência desse gênero.

— Parece tão confortável como as de Willingden.

— Ah — disse o sr. Parker —, essa era a minha antiga residência, a casa de meus antepassados, onde eu, meus irmãos e irmãs nascemos e crescemos e onde os meus três filhos mais velhos nasceram; eu e minha esposa aí morávamos até dois anos atrás, quando a nossa casa nova ficou pronta. Fico contente em ver que lhe tenha agradado. É uma bela casa antiga, e Hillier a mantém em muito bom estado. Saiba que eu a cedi a esse homem que toma conta das minhas terras. Ele ficou com uma casa melhor e eu numa situação privilegiada! Mais uma colina e chegaremos a Sanditon, a moderna Sanditon, um lugar belíssimo. Nossos antepassados, como sabe, sempre construíam em depressões. Aqui estávamos confinados nesse pequeno recanto estreito, sem ventilação nem vista, a apenas uns três quilômetros da mais bela extensão de oceano que jaz entre o promontório sul e a ponta da Cornuália, sem ter o menor proveito com isso. Verá que não fiz um mau negócio quando chegarmos a Trafalgar House, que a propósito eu gostaria até de não ter denominado Trafalgar, pois Waterloo soa melhor atualmente. Contudo, guardo Waterloo de reserva; e, se tivermos bons resultados este ano que nos permitam arriscar a construir um pequeno "crescent" (como bem espero), então poderemos chamá-lo de Waterloo Crescent. Esse nome, juntamente com esse estilo de construção, que é sempre do agrado geral, nos irá assegurar a preferência de numerosos locatários.[1] Numa estação favorável, deveremos ter mais reservas do que poderemos aceitar.

— Sempre foi uma casa confortável — disse a sra. Parker, olhando-a pela janela de trás com algo que parecia um resquício de saudade. — E que belo quintal nós tínhamos, um excelente quintal.

— Sim, minha querida, mas *esse* podemos dizer que levamos conosco. Pois temos suprimento, como antes, das frutas e legumes que quisermos. E temos, na verdade, todas as vantagens de uma horta sem os transtornos de seus cuidados ou a inconveniência anual do declínio de sua vegetação. Quem pode suportar a visão de um canteiro de couve em outubro?

— Sim, meu caro, estamos sendo bem-providos de hortaliças como sempre fomos; porque, se por acaso não derem num determinado momento, sempre poderemos comprar o que quisermos em Sanditon House. O jardineiro de lá sempre terá satisfação em nos servir. Mas era um belo lugar para as crianças brincarem. Tão ameno no verão!

— Minha cara, teremos bastante sombra na colina, e mais do que o necessário no correr dos próximos anos. O crescimento das minhas plantações causa um espanto generalizado. Até lá, teremos o toldo de lona que nos trará o mais perfeito conforto no interior

[1] Trata-se de uma estrutura arquitetônica compreendendo considerável número de casas iguais, normalmente assobradadas e com varandas, dispostas em arco de modo a formar a figura de um crescente. Um dos mais famosos e históricos exemplos dessa forma urbanística é o Royal Crescent, de Bath, que teria certamente inspirado a ideia a Jane Austen. Sabe-se que a autora não tinha especial predileção por essa cidade balneária inglesa, julgando-a por demais mundana e superficial. Talvez Sanditon fosse a sua idealização de um balneário menos vulgar, em que uma esplanada e uma livraria-bazar teriam posições de destaque. (N.T.)

da casa. E você poderá comprar uma sombrinha para a pequena Mary no Whitby's a qualquer tempo ou uma boina grande no Jebb's. E, para os meninos, devo dizer que gostaria mais de *vê-los* correndo livres ao sol. Estou certo, minha cara, de que estamos de acordo em que os meninos cresçam o mais robustos possível.

— Sim, claro que estamos. E vou dar a Mary uma pequena sombrinha com que ficará toda orgulhosa. Como ela irá andar por aí toda empertigada imaginando-se já uma pequena senhorita. Oh, não tenho a menor dúvida de que estamos bem melhor agora do que estávamos. Se quisermos nos banhar, poderemos fazê-lo a menos de quinhentos metros. Mas você sabe — continua ela, olhando ainda para trás — que sempre somos levados a considerar um bom amigo o lugar em que fomos felizes. Os Hilliers parecem não ter sofrido com as tempestades do verão passado. Recordo-me de ter encontrado a sra. Hillier depois de uma dessas horríveis noites em que sentimos literalmente nossas camas balançarem, e ela parecia ignorar por completo que o vento tivesse soprado mais forte que de ordinário.

— Sim, sim, é bastante compreensível. Sentimos toda a grandiosidade da tempestade com menos perigo real, porque o vento, não encontrando nenhum obstáculo em torno de nossa casa para retê-lo, simplesmente se desencadeia e passa; já no fundo dessa calha, ignora-se tudo sobre o estado do vento acima do topo das árvores, e os habitantes podem desconhecer totalmente uma dessas terríveis correntes, que causam mais dano num vale do que quando surgem num terreno aberto com a mais violenta tempestade. Mas, minha querida, a propósito de seu pomar, você estava dizendo que qualquer omissão eventual é suprida no mesmo instante pelo jardineiro de *lady* Denham. E me ocorreu que podemos ir também a outros lugares em tais ocasiões, e que o velho Stringer e o filho têm direitos particulares a esse respeito. Encorajei-os a se estabelecer, como sabe, e temo que não estejam se dando muito bem. Ou seja, que ainda não houve tempo suficiente para isso. Eles vão se dar muito bem sem a menor dúvida. Mas no princípio o trabalho é duro morro acima e portanto devemos dar a eles toda a ajuda que pudermos. Quando frutos ou vegetais nos vierem a faltar (e não será errado deixá-los por vezes faltar — ou quando nos esquecermos de uma coisa ou de outra) sem deixarmos de ter sempre nosso suprimento habitual, devemos apelar para o velho Andrew a fim de que ele não perca seu trabalho diário; mas, na verdade, devemos comprar a maior parte de nosso consumo diretamente dos Stringers.

— Muito bem, meu caro, isso pode ser feito facilmente. E a cozinheira ficará satisfeita, o que será um grande alívio, pois agora ela vive reclamando do velho Andrew e diz que ele nunca lhe traz as coisas de que necessita. Bem, lá já vai ficando a velha casa para trás. Que nos diz seu irmão Sidney sobre o projeto de transformá-la em hospital?

— Oh, minha cara Mary, isso não passa de uma brincadeira. Ele vive me aconselhando a fazer dali um hospital. A rir de meus trabalhos de melhoria. Sidney fala por paus e por pedras, como sabe. Sempre nos diz o que lhe passa pela cabeça, e a nós todos. Creio que quase todas as famílias tenham um membro assim, não é mesmo, srta. Heywood? Existe, no seio de cada família, alguém com uma capacidade privilegiada ou audácia de dizer o que bem entende. Na nossa, é o Sidney, um jovem muito inteligente e com grande talento para agradar. É mundano demais para ser domado; eis seu único defeito. Está aqui e ali e em toda parte. Adoraria conseguir trazê-lo a Sanditon. Gostaria que o conhecesse. E seria uma boa coisa para o lugar! Um jovem como Sidney, com sua elegante postura e seu ar moderno. Você e eu, Mary, sabemos o efeito que isso poderia produzir. Muitas famílias respeitáveis, muitas mães cuidadosas, muitas jovens bonitas haveríamos de ganhar em detrimento de Eastbourne e de Hastings.

Estavam agora se aproximando da igreja e da própria cidade antiga de Sanditon, localizada no sopé da colina que teriam em seguida de galgar, colina de que os bosques e os cercados de Sanditon House recobriam uma das faces e cujo topo terminava num platô onde os novos prédios deviam ser erguidos em breve. Um trecho apenas do vale, serpenteando obliquamente em direção ao mar, dava passagem a um insignificante riacho e formava em sua embocadura uma terceira divisão habitável num pequeno agrupamento de casas de pescadores. O povoado original compunha-se apenas de chalés; mas que já incorporava o espírito do dia, como o sr. Parker observava com satisfação para Charlotte; duas ou três das melhores delas estavam enfeitadas com cortinas brancas e cartazes de "Aluga-se"; mais à frente, no pequeno pátio verde de uma velha fazenda, duas mulheres elegantemente vestidas de branco podiam ser vistas com seus livros e suas cadeiras dobráveis. Ao contornarem a esquina da padaria, ouviram o som de uma harpa que escapava de uma janela do andar superior. Tais vistas e sonoridades eram para o sr. Parker bastante ditosas. Não que tivessem qualquer ligação com o sucesso da cidade em si, pois, achando-os muito distantes da praia, não havia construído nada ali; mas eram uma prova muito valiosa da crescente notoriedade do lugar, em todo caso. Se até o *povoado* podia atrair visitantes, a colina devia estar praticamente cheia. Ele previa uma estação assombrosa. Nessa mesma época no ano passado (fim de julho) não havia um único locatário na cidade! Nem se lembrava de algum durante todo o verão, exceto uma família cujas crianças chegaram de Londres em busca dos ares marítimos depois de terem sofrido coqueluche e cuja mãe não permitia que se aproximassem do mar com medo de se afogarem.

— Civilização, civilização mesmo! — exclamou o sr. Parker, satisfeito. — Veja, minha cara Mary, veja as vitrinas da sapataria do William Heeley. Sapatos azuis e botinas de verniz! Quem esperaria ver tal coisa nas sapatarias da velha Sanditon! São as novidades do mês. Não havia sapatos azuis quando passamos por aqui no mês passado. Realmente fantástico! Bem, acho que *fiz* mesmo algo em minha vida. Agora, rumo à nossa colina, à nossa bela e saudável colina.

Na subida, passaram pelas guaritas da Sanditon House e viram o próprio topo da casa surgindo do arvoredo. Era a última construção dos tempos antigos que subsistia na paróquia. Um pouco acima, começavam as construções modernas e, assim que atravessaram a duna, casas com nomes tais como Prospect House, Bellevue Cottage e Denham Place foram vistas por Charlotte com tranquila e divertida curiosidade e pelo sr. Parker com olhares ardentes, à espera de ver poucas habitações desocupadas. Mais cartazes nas janelas do que ele havia calculado, e um menor ajuntamento de pessoas na colina: menos carruagens, poucos passantes. Disse para si mesmo que se tratava exatamente da hora em que estariam voltando da "fresca" para o jantar, mas a praia e a esplanada sempre atraíam alguns, e a maré devia estar subindo, provavelmente agora na metade da montante. Estava ansioso por chegar à praia, às falésias, à sua própria casa e suas imediações. Sua disposição cresceu à vista do mar e quase chegou a sentir que o tornozelo já estava ficando mais forte. Trafalgar House, na parte mais elevada da colina, era uma casa graciosa e elegante, apoiada sobre um pequeno gramado rodeado de árvores plantadas recentemente, a uns cem metros da borda de uma falésia abrupta, mas não muito alta, sendo a mais próxima dela, excetuando-se um breve alinhamento de casas elegantes que se denominavam Esplanada, em frente das quais havia um largo passeio que aspirava ser a avenida principal do lugar. Nesse conglomerado situava-se a melhor chapelaria, a livraria, um pouco afastada, o hotel e o salão de bilhar. Ali começava a descida em direção à praia e às cabines de banho. Ali estava o lugar preferido da beleza e da moda. Em Trafalgar House, que se erguia a pequena distância por trás da Esplanada, os viajantes chegaram sãos e salvos; e tudo era alegria e felicidade entre os pais e os filhos, enquanto Charlotte, já de posse de seu quarto, se divertia em ficar diante da grande janela veneziana e contemplar, por cima do aglomerado de várias construções, a linha flutuante e os telhados das casas, o mar que dançava e cintilava ao sol e à frescura da brisa.

V

Quando se reuniram para o jantar, o sr. Parker estava examinando sua correspondência.

— Nem uma linha do Sidney! É um preguiçoso. Mandei-lhe um relato de meu acidente lá de Willingden e pensei que ele se dignasse de responder. Mas talvez isso signifique que ele venha em pessoa. Conto com isso. No entanto, aqui está uma carta de uma de minhas irmãs. *Elas* nunca me falham. As mulheres são as únicas correspondentes em quem podemos confiar. Agora, Mary — disse, sorrindo para a esposa —, antes de abri-la, que prognósticos podemos fazer sobre o estado de saúde das missivistas, ou antes, o que diria Sidney se estivesse aqui? Sidney é muito mordaz, srta. Heywood, e você precisa saber: ele pensa haver muito de imaginação nas queixas de minhas duas irmãs. Mas a coisa não é bem assim, ou só um tanto. Elas têm uma saúde precária, como já nos ouviu muitas vezes referir, e estão sujeitas a distúrbios bastante sérios. Na verdade, acho que nunca souberam o que é um dia com saúde. E, ao mesmo tempo, são mulheres excepcionalmente úteis e dispõem de tal energia que, onde quer que haja algo de bom para ser feito, elas se obrigam a esforços que parecem extraordinários àqueles que não as conheçam de todo. Mas saiba que não há qualquer simulação da parte delas. Têm apenas uma constituição mais frágil e um espírito mais forte do que ocasionalmente se encontram em alguém, seja juntos ou separados. E o nosso irmão caçula, que vive com elas e tem pouco mais de vinte anos, é, lamento dizê-lo, quase tão inválido quanto elas. É tão delicado que não pode se dedicar a nenhuma profissão. Sidney zomba dele. Mas, na verdade, não é nada engraçado, embora Sidney às vezes me faça rir disso a contragosto. Se ele estivesse agora aqui sei que iria apostar que Susan, Diana ou Arthur, a julgar pela carta, teriam estado à beira da morte no mês que passou.

Depois de correr os olhos pela carta, balançou a cabeça e recomeçou.

— Impossível tê-los por aqui em Sanditon, lamento dizer. O relato é bem triste na verdade. É sério mesmo, bastante triste. Mary, você vai ficar desolada em saber como estiveram e estão passando mal. Srta. Heywood, se me der permissão, vou ler a carta de Diana em voz alta. Gosto que meus amigos se conheçam e temo que esta seja a única forma de conhecimento que terei a oportunidade de proporcionar a vocês. E não terei escrúpulos por parte de Diana, pois suas cartas mostram exatamente como ela é, a pessoa mais ativa, amigável, cordial que existe, e por isso não podem deixar de causar boa impressão.

Leu:

Meu caro Tom, ficamos muito sentidos com seu acidente, e, se você não tivesse informado que havia caído em tão boas mãos, eu teria ido ao seu encontro, apesar de todos os percalços, no dia seguinte ao recebimento de sua carta, pois ela veio encontrar-me sob o efeito de um ataque ainda mais forte que de hábito dos meus velhos inimigos, os espasmos biliares, e mal podia me arrastar da cama até o sofá. Mas como foi tratado? Mande-me mais detalhes em sua próxima carta. Se foi de fato uma simples entorse, como você a denomina, nada teria sido mais apropriado do que uma fricção, apenas com as mãos, caso tivesse sido possível aplicá-la de imediato. Há coisa de dois anos, fui chamada por acaso pela sra. Sheldon, cujo cocheiro havia torcido o pé enquanto lavava a carruagem; ele mal conseguiu vir mancando até a casa, mas graças ao uso imediato e persistente da fricção (esfreguei-lhe o calcanhar com minhas próprias mãos durante seis horas seguidas) ele se restabeleceu ao cabo de três dias. Muito obrigada, querido Tom, por sua preocupação para conosco, a qual foi em grande parte responsável por seu acidente. Mas prometa que não correrá novos riscos à procura de um farmacêutico, pois, mesmo que você tivesse o mais experimentado profissional do gênero estabelecido em Sanditon, isso não seria uma recomendação para nós. Rompemos definitivamente com a súcia médica. Consultamos médico após médico em vão, até nos convencermos de todo de que eles não podem fazer nada por nós e devemos confiar no conhecimento que temos de nossas precárias constituições se quisermos obter qualquer alívio. Mas, se você achar recomendável para o interesse local ter aí um clínico, eu me encarregarei com prazer dessa incumbência e não tenho dúvidas de conseguir. Posso acionar isso com a maior rapidez. Quanto a ir eu própria a Sanditon, é de todo impossível. Infelizmente devo dizer que não ouso me arriscar, pois tenho a nítida sensação de que, no estado em que me encontro, a proximidade do mar seria para mim a própria morte. Se não fosse o caso de nenhuma de minhas caras companheiras querer me deixar sozinha, eu as incentivaria a ir passar uma quinzena aí com você. Mas, na verdade, duvido que os nervos de Susan aguentassem o esforço. Tem sofrido muito das dores de cabeça, e seis sanguessugas diárias por dez dias consecutivos deram-lhe tão escasso alívio que achamos por bem mudar de tratamento, e, estando convicta pelos exames de que a maior parte de seu mal provinha das gengivas, eu a persuadi a atacar a doença naquele lugar. Ela aceitou então mandar arrancar três dentes e está decididamente melhor, mas os nervos ficaram bastante conturbados. Só consegue falar sussurrando e já desmaiou duas vezes esta manhã, enquanto o pobre Arthur tentava reprimir um ataque de tosse. Ele, apraz-me dizer, está sofrivelmente bem, embora mais apático do que eu gostaria, e temo pelo seu fígado. Não tenho tido notícias de Sidney desde o encontro de vocês em Londres, mas creio que não se concluiu o projeto dele relativo à ilha de Wight, senão o teríamos aqui em seu caminho para lá. É com a maior sinceridade que lhes desejamos uma boa estadia em Sanditon, e, embora não possamos contribuir pessoalmente para o brilho de seu "beau monde", estamos fazendo esforços no momento para lhes mandar pessoas de qualidade e pensamos poder certamente lhes assegurar a ida de duas famílias numerosas: uma delas, de um rico colono das Antilhas originário do Surrey; e as componentes do muito respeitável pensionato, ou instituição, de jovens vindas de Camberwell. Não lhe direi quantas pessoas empreguei nessa empresa, uma terrível maquinação, cujo sucesso foi mais que compensador. Sua muito querida — etc.

— Bem — disse o sr. Parker, ao terminar a leitura —, embora eu ouse dizer que Sidney iria encontrar algo extremamente divertido nesta carta e nos fazer rir por uma boa meia hora juntos, digo que, de minha parte, não consigo ver aqui nada que não seja lamentável ou meritório. Apesar de todos os seus sofrimentos, vemos como se diligenciaram em promover o bem-estar alheio! Preocupam-se com Sanditon! Duas famílias numerosas: uma para a Prospect House provavelmente, a outra para o número dois de Denham Place ou a casa no fim da Esplanada, e leitos suplementares no hotel. Eu lhe disse que minhas irmãs são pessoas excelentes, srta. Heywood.

— E estou certa de que devem ser também extraordinárias — disse Charlotte. — Fiquei admirada com o estilo divertido da carta, se considerarmos o estado de saúde em que ambas parecem estar. Três dentes lhe foram arrancados de uma vez... pavoroso! Sua irmã Diana parece estar tão doente quanto possível, mas aqueles três dentes de sua irmã Susan são mais aflitivos do que todo o resto.

— Oh! elas estão tão acostumadas com operações — com quaisquer operações, e as enfrentam com tal força moral!

— Suas irmãs sabem o que fazem, suponho, mas seus tratamentos parecem chegar aos extremos. Penso que, em caso de doença, eu estaria ansiosa por conselhos médicos, não me arriscaria por mim nem por quem quer que eu preze! Mas em *minha* família temos sido tão saudáveis que não posso julgar do que o hábito da automedicação seja capaz.

— Para dizer a verdade — afirmou a sra. Parker —, penso que elas às vezes vão longe demais neste particular. E você também, meu caro, bem que o sabe. Você não raro pensou que seria melhor que se ocupassem menos com elas próprias, e isso vale especialmente para o Arthur. Sei que você acha lamentável que elas desenvolvam *nele* certas tendências de se sentir mal.

— Está bem, está bem, minha cara Mary, confesso-lhe que *é* uma infelicidade para o pobre Arthur que a esta altura da vida ele seja encorajado a se entregar à indisposição. *É* uma infelicidade que ele se imagine tão doente que não posssa exercer qualquer profissão e se contente, aos 21 anos, com os magros rendimentos de sua herança sem qualquer intenção de tentar aumentá-los ou exercer qualquer ocupação que possa ser útil a ele e aos seus. Mas vamos falar de coisas mais agradáveis. Essas duas famílias numerosas são exatamente o que estávamos querendo. Mas eis aqui algo ainda mais agradável. É o Morgan, que nos vem dizer que "o jantar está servido".

VI

Saíram logo depois do jantar. O sr. Parker não podia se dizer satisfeito se não fizesse uma visita prévia à livraria e visse o livro de assinaturas. Charlotte estava ansiosa por ver o máximo e o mais rápido possível daquele lugar em que tudo era novidade. Desfrutavam do momento mais calmo do dia de uma estação balneária, enquanto em quase todas as casas habitadas as pessoas se entregavam ao momento importante do jantar ou ao momento de convívio que se seguia a este. Aqui ou ali, podia-se ver um senhor solitário, cuja saúde o obrigava a sair cedo para caminhar; mas em geral era uma pausa generalizada da vida social. Tudo estava solitário e tranquilo na esplanada, nas falésias e nas praias. As lojas estavam desertas. Os chapéus de palha e os colares pareciam abandonados à sua sorte tanto nas casas quanto fora delas, e a sra. Whitby estava na livraria, sentada na sala dos fundos, lendo um de seus próprios romances à falta de ocupação. A lista dos frequentadores era a habitual: *lady* Denham, srta. Brereton, sr. e sra. Parker, *Sir* Edward Denham e a srta. Denham, que podem ser considerados inauguradores da temporada, seguidos por nomes menos expressivos como: sra. Mathews, srta. Mathews, srta. E. Mathews, srta. H. Mathews, dr. e sra. Brown; sr. Richard Pratt, tenente Smith R.N., capitão Little — Limehouse; sra. Jane Fisher, srta. Fisher, srta. Scroggs, reverendo sr. Hanking, sr. Beard — advogado, Grays Inn; sra. Davis e srta. Merryweather. O sr. Parker ficou achando que a lista não só era inexpressiva como menos numerosa do que supunha. No entanto, ainda era julho, e os melhores meses eram agosto e setembro. Além disso, as prometidas famílias numerosas de Surrey e de Camberwell representavam para ele um consolo permanente.

A sra. Whitby deixou sem demora seu recesso literário, jubilosa por ver o sr. Parker, cujas maneiras o recomendavam a todos, e ambos se ocuparam em seguida de várias amabilidades e conversações. Tendo acrescentado seu nome à lista como uma primeira oferta do sucesso da temporada, Charlotte logo se empenhou em fazer aquisições urgentes que seriam mais tarde o regalo de muitos, assim que a srta. Whitby conseguiu terminar sua toalete e ir, com suas tranças luzidias e seus berloques, atendê-la. O bazar da livraria, é claro, tinha de tudo: todas aquelas coisas inúteis do mundo e sem as quais não se podiam passar; e, em meio a muitas belas tentações, e com a boa vontade do sr. Parker em incentivar os gastos, Charlotte logo percebeu que devia se refrear — ou antes pensou que aos 22 anos seria indesculpável agir de outra maneira — e que não ficava bem para ela gastar todo o seu dinheiro logo na primeira noite. Apanhou um livro; por acaso era um volume de *Camilla*. Ela não tinha a juventude de Camilla, nem tinha a intenção de ter seu infortúnio; então, voltou-se para as vitrinas de broches e anéis, reprimiu outras solicitações e pagou pelo que havia adquirido. Para sua satisfação pessoal, deviam fazer em seguida um passeio pela falésia; mas assim que saíam da livraria encontraram-se com duas senhoras que iriam provocar uma alteração necessária no programa: *lady* Denham e a srta. Brereton. Tinham estado em Trafalgar House, donde foram encaminhadas para a livraria; e, embora *lady* Denham tivesse disposição suficiente para considerar uma caminhada de um quilômetro e meio algo que não requeria descanso, e falasse em voltar diretamente para casa, os Parkers sabiam que insistir com ela para irem à casa deles e tomar chá em sua companhia era algo que iria agradá-la ao máximo; e então a caminhada até a falésia deu lugar a um imediato retorno a casa.

— Não, não — disse sua senhoria. — Não quero apressá-los para o chá por minha causa. Sei que preferem tomar o chá mais tarde. Meus horários prematuros não devem causar inconveniências aos vizinhos. Não, não, a srta. Clara e eu iremos voltar para o nosso próprio chá. Não viemos com outro propósito. Simplesmente, queríamos vê-los e ter certeza de que estavam em casa, mas vamos voltar a casa, para o nosso próprio chá.

No entanto, começou a caminhar em direção a Trafalgar House e se apropriou da sala de visitas de mansinho, sem parecer ouvir uma palavra sequer das ordens que a sra. Parker dava à criada, ao entrarem, para que servisse o chá de imediato. Charlotte estava inteiramente consolada pela perda do passeio ao se ver em companhia das pessoas cuja conversa daquela manhã lhe dera a grande curiosidade de conhecer. Observava-as bem: *lady* Denham era de talhe médio, robusta, empertigada e alerta em seus movimentos. Tinha um olhar penetrante e um ar de autossatisfação. Suas feições não eram desagradáveis, e, embora suas maneiras fossem diretas e abruptas, como as de uma pessoa que se vangloria de falar francamente, ela demonstrava um bom humor e uma cordialidade em sua civilizada disposição em travar conhecimento com a própria Charlotte e um caloroso acolhimento em relação aos seus velhos amigos, que inspirava nos outros a indulgência que ela própria parecia sentir. Quanto à srta. Brereton, sua aparência justificava de maneira cabal os elogios do sr. Parker, tanto que Charlotte admitiu nunca ter contemplado uma jovem tão amorável e interessante. Era uma figura elegante, alta, de beleza regular, grande delicadeza de compleição e olhos azul-claros, e seu trato era delicadamente modesto, mas cheio de graça natural. Charlotte não podia considerá-la senão a mais perfeita representação do que poderia ser a heroína mais bela e sedutora dos muitos volumes que havia deixado para trás nas prateleiras da sra. Whitby, em parte talvez pelo fato de ter acabado de sair de uma biblioteca circulante, mas não podia separar, da figura de Clara Brereton, a ideia de uma perfeita heroína. Sua situação junto a *lady* Denham favorecia a imagem! Parecia ter sido posta naquele lugar com o propósito de ser maltratada. Tal pobreza e tal dependência, unidas a tamanha beleza e tantos méritos, não podiam deixar a menor dúvida a respeito. Esses sentimentos não resultavam de qualquer tendência ao romanesco por parte de Charlotte. Não, ela era uma jovem de espírito sóbrio, instruída o suficiente no domínio dos romances para entreter sua imaginação com eles, mas de modo algum para se deixar influenciar em excesso. Divertiu-se, durante os primeiros cinco minutos, em imaginar o infortúnio que *deveria* ser o destino da interessante Clara, sob a forma, principalmente, de uma conduta das mais cruéis da parte de *lady* Denham, mas, pelas observações subsequentes, não relutou em admitir que elas pareciam estar nas melhores condições. Não percebia em *lady* Denham nada de pior que uma espécie de formalismo fora de moda em chamar sua pupila de *srta. Clara*; nem nada de repreensível na atenção e nos olhares que Clara concedia à velha senhora. De um lado, parecia uma bondade protetora, de outro, um grato e respeitoso reconhecimento. A conversa girou inteiramente em torno de Sanditon, o número atual de seus visitantes e as possibilidades de uma boa temporada. Era evidente que *lady* Denham estava mais ansiosa, tinha mais receios de perdas do que seu coadjutor. Gostaria que Sanditon ficasse mais rapidamente lotada de gente e parecia atormentada pela ideia de que as acomodações não fossem em alguns casos totalmente ocupadas. Não se esqueceram das tais famílias numerosas mencionadas por Diana Parker.

— Ótimo — disse *lady* Denham. — Uma família das Antilhas e toda uma escola. É bom de ouvir. Isso vai trazer dinheiro.

— Ninguém gasta com mais facilidade do que os antilhanos, creio eu — observou o sr. Parker.

— Na verdade, ouvi dizer isso, e por terem a bolsa bem recheada devem pensar que são iguais às nossas velhas famílias. Mas eles, que gastam tão abertamente seu dinheiro, jamais se perguntam se não estão, com isso, causando um malefício pelo aumento do preço das coisas. Ouvi dizer que este é bem o caso dos seus antilhanos. E, se eles vêm aqui para fazer subir os preços de nossos artigos de consumo, não é o caso de lhes agradecermos, sr. Parker.

— Minha cara senhora, eles só podem elevar o preço dos bens de consumo por meio da demanda extraordinária que fizerem, e uma difusão de dinheiro entre nós é de molde a nos causar mais bem do que mal. Nossos açougueiros, padeiros e comerciantes em geral não podem enriquecer sem trazer prosperidade a todos *nós*. E, se *eles* não ganham, nossas rendas decerto ficarão ameaçadas. Nossos lucros serão finalmente proporcionais aos deles porque veremos aumentar o valor de nossas propriedades.

— Bom, mas eu não gostaria de ver aumentar o preço da carne. Farei tudo para que se mantenha assim baixo enquanto eu possa. Estou vendo que a mocinha ali sorri; desconfio que esteja me achando uma velha esquisita, mas um dia *ela* também vai se importar com o preço da carne. Sim, sim, minha cara, pode ter certeza, você ainda se preocupará com o preço da carne no açougue, mesmo que não tenha todo um refeitório de criados para alimentar, como eu. Acredito firmemente que são felizes aqueles que têm poucos criados. Não sou mulher de ostentações, como todo mundo sabe, e, se não fosse pelo que devo à memória do pobre sr. Hollis, nunca manteria a Sanditon House como está. Não é para o meu prazer que o faço. Bem, sr. Parker, e o outro grupo é um pensionato, um pensionato francês, não é mesmo? Nada contra. Ficarão suas seis semanas... e quem sabe se no meio de tantas não haverá nenhuma debilitada que necessite tomar leite de jumenta; e tenho duas jumentas produzindo leite neste momento. Mas talvez essas meninas possam estragar os móveis. Espero que tenham uma governanta enérgica para cuidar delas.

O pobre sr. Parker não obteve de *lady* Denham mais consideração do que a de suas irmãs quanto à razão que o levou a Willingden.

— Meu Deus! Caro senhor — exclamou ela —, como pôde pensar em tal coisa? Lamento muito que tenha sofrido o acidente, mas, francamente, o senhor o mereceu. Ir procurar um doutor! De que nos serve um doutor aqui? Seria apenas encorajar nossos empregados e a gente pobre a achar que estão doentes se tivermos um médico à mão. Oh! por favor, nada dessa raça aqui em Sanditon. Estamos indo bem. Temos o mar, as dunas e o leite de jumenta. Já disse à sra. Whitby que, se alguém procurar por um cavalo de molas, pode encontrá-lo a bom preço — o que pertenceu ao pobre sr. Hollis ainda está como novo —, e que mais as pessoas poderão querer? Vivo aqui há setenta bons anos e só tomei remédios duas vezes. E nunca vi em toda a minha vida a cara de um médico a quem *eu* tivesse de pagar. Creio firmemente que, se meu pobre e querido *Sir* Harry também nunca tivesse visto, estaria vivo até hoje. O preço de dez visitas sucessivas foi o que nos cobrou o homem que mandou o *Sir* Harry para o outro mundo. Imploro-lhe, sr. Parker, nada de médicos aqui.

O serviço de chá chegou.

— Oh, minha cara sra. Parker, não era realmente necessário. Por que fez tudo isso? Eu estava justamente a ponto de lhes desejar boa-tarde. Mas como vocês são tão bons vizinhos, creio que a srta. Clara e eu devemos ficar.

VII

A popularidade dos Parkers levou-lhes algumas visitas logo na manhã seguinte, entre as quais *Sir* Edward Denham e sua irmã, os quais, estando em Sanditon House, foram lhes levar seus cumprimentos; e, cumprida sua obrigação de escrever cartas, Charlotte se instalou com a sra. Parker na sala de visitas a tempo de recebê-los. Os Denhams foram os únicos a lhe despertar um interesse em particular. Charlotte estava feliz de poder completar seu conhecimento da família ao ser apresentada a eles; e achou que não eram completamente desinteressantes — pelo menos a primeira metade deles (pois, embora solteiro, o *gentleman* às vezes pode ser considerado a melhor parte de um par). A srta. Denham era uma bela jovem, mas fria e reservada, dando a ideia de alguém orgulhoso de sua importância e altamente mortificado pela sua pobreza; parecia roída pelo desejo de ter uma equipagem mais vistosa do que a simples charrete em que viajavam, a qual o cocheiro insistia ainda em fazer desfilar diante de seus olhos. *Sir* Edward era bastante superior a ela em aparência e em maneiras — certamente elegante, mas chamando mais atenção pela sua maneira de se dirigir às pessoas e pelo desejo de prestar atenção a elas e querer agradá-las. Entrou no salão de maneira altamente apropriada, falando muito, e mais ainda com Charlotte, ao lado da qual por acaso sentou-se. Logo ela percebeu que ele demonstrava uma perfeita compostura, senhor de um tom de voz bem-educado e agradável, e propenso a uma extensa conversação. Gostou dele. Prudente como era, achou-o interessante e não se opôs à suspeita de que ele parecia ter a respeito dela a mesma opinião, o que *decorreria* diante de sua manifesta oposição ao empenho da irmã em querer partir e de sua persistência em permanecer falando. Não quero me desculpar pela vaidade de minha heroína. Se há jovens dessa idade no mundo que sejam mais surdas à imaginação ou menos ciosas de agradar, eu não as conheço nem quero conhecê-las. Por fim, através dos janelões da sala de visitas que descortinavam a estrada em frente e todos os caminhos que atravessavam a colina, Charlotte e *Sir* Edward não puderam deixar de ver, instalados como estavam, *lady* Denham e a srta. Brereton, que passavam; produziu-se então uma imperceptível mudança no comportamento de *Sir* Edward. Enquanto as senhoras continuavam em sua caminhada, ele lançou a elas um olhar inquieto e logo propôs à irmã não irem embora logo, mas fazerem juntos um passeio pela Esplanada. Daí decorreu uma reviravolta completa e imediata na imaginação de Charlotte, que se curou de sua meia hora de exaltação e se colocou numa posição mais capacitada de julgar, assim que *Sir* Edward partiu, a medida real de seu afeiçoamento.

— Talvez sua aparência e seu modo de tratá-la tenham concorrido bastante para a impressão inicial, e seu título não lhe fizera mal algum.

Pouco depois se viu novamente em sua companhia. O primeiro objetivo dos Parkers, assim que os visitantes matinais liberavam a casa, era o de saírem eles próprios. A Esplanada era a atração geral, todos os caminhantes deviam começar pela Esplanada, e lá, sentados em um dos bancos verdes da aleia ensaibrada, foram encontrar os componentes da família Denham; embora estivessem ali reunidos, estavam de novo claramente separados: as duas grandes damas numa ponta do banco, e *Sir* Edward e a srta. Brereton na outra. Charlotte divisou logo ao primeiro olhar que *Sir* Edward se comportava como um verdadeiro amante. Não podia haver dúvida da devoção que dedicava a Clara. A maneira como esta a recebia era menos óbvia, mas Charlotte se inclinava a pensar que não agia muito favoravelmente, pois, embora estivesse sentada à parte com ele (o que provavelmente ela não teria podido evitar), Clara mantinha um ar de calma e gravidade. Do outro lado do banco, era indubitável que a jovem estava fazendo penitência. As mudanças nas feições da srta. Denham, a diferença entre uma srta. Denham sentada em fria atitude na sala de visitas da sra. Parker com os esforços dos demais tentando arrancá-la do silêncio e a srta. Denham que se mantinha ao pé de *lady* Denham, ouvindo e falando com sorridente atenção ou solícita avidez, era realmente surpreendente — e muito divertida ou muito melancólica, segundo devesse prevalecer a sátira ou a moralidade. A opinião de Charlotte sobre o caráter da srta. Denham estava perfeitamente decidida. *Sir* Edward requeria uma observação mais demorada. Ele a surpreendeu abandonando Clara de imediato quando todos estavam reunidos e decidiram fazer um passeio, e dirigindo toda a sua atenção a ela. Colocando-se ao seu lado, parecia ter a intenção de separá-la o mais possível do resto do grupo e dedicar-lhe a exclusividade de sua palestra. Começou, num tom apaixonado e cheio de emoção, a falar sobre o mar e a praia; e recorreu com denodo a todas essas frases que se empregam habitualmente em louvor dessa sublimidade, descritivas das emoções *indescritíveis* que eles provocam nas mentes sensíveis. A aterradora grandeza do oceano durante a tempestade, sua transparência nas calmarias, suas gaivotas e suas algas marinhas, a profundidade insondável de seus abismos, suas bruscas vicissitudes, suas traições pavorosas, seus marinheiros que se arriscam ao sol e são surpreendidos pela súbita borrasca: tudo isso foi evocado com ardor e eloquência, de maneira um tanto lugar-comum talvez, mas que soam bem quando ditas por um belo *Sir* Edward. Ela não podia deixar de considerá-

-lo uma pessoa sensível, até que ele começou a desconcertá-la pela quantidade de citações e o caráter surpreendente de algumas de suas frases.

— Lembra-se — disse ele — dos belos versos de Scott sobre o mar? Que descrição maravilhosa nos comunicam! Não me saem da memória quando passeio por aqui. A pessoa que consegue lê-los sem se comover deve ter nervos de assassino! Deus me livre de encontrar alguém assim, eu estando desarmado.

— A que descrição o senhor se refere? — perguntou Charlotte. — Não me recordo por ora de ter lido nada sobre o mar nos poemas de Scott.

— Não mesmo? Também não me recordo do início deles neste instante, mas,.. certamente não se esqueceu da descrição que ele faz da mulher... *Oh, mulher em nossas horas de alívio...* Delicioso! Delicioso! Bastava escrever isso para se tornar imortal. E mais ainda esta inigualável, insuperável tirada sobre o afeto familiar... *Alguns sentimentos são dados aos mortais com menos de terra neles que de céu...* et cetera. Mas já que estamos falando de poesia, srta. Heywood, o que acha dos versos de Burns à sua Mary? Oh! há neles um sentimento patético de endoidecer! Se houve um dia alguém capaz de *sentir*, esse alguém foi Burns. Montgomery tem todo o ardor da poesia, Wordsworth toda a sua alma, Campbell com suas esperanças deliciosas atingiu o extremo de nossas sensações... *Como as visitas dos anjos, entre o pouco e o bastante.* Pode imaginar algo mais cativante, mais comovente, mais repleto de uma profundidade sublime do que este verso? Mas Burns... confesso admitir sua superioridade, srta. Heywood. Se Scott *tem* realmente um defeito, é sua falta de paixão. Terno, elegante, descritivo, mas *contido*. O homem que não consegue fazer justiça aos atributos da mulher é para mim desprezível. Às vezes, é certo, um lampejo de sentimento parece irradiá-lo, como nos versos em que fala de *Oh, mulher em nossas horas de alívio...* mas Burns é sempre ardente. Sua alma era o altar em que a mulher amada era sempre entronizada, e seu espírito exalava verdadeiramente o incenso imortal que lhe era devido.

— Tenho lido vários poemas de Burns com grande deleite — disse Charlotte assim que ele lhe deu tempo de falar. — Mas não sou tão poética a ponto de dissociar inteiramente a obra de um homem e seu caráter; e as irregularidades bem conhecidas desse pobre Burns se interpuseram à minha apreciação de seus versos. Tenho dificuldade em acreditar na *verdade* de seus sentimentos amorosos. Não deponho fé na *sinceridade* das afeições de um homem com a descrição dele. Ele sentia, escrevia e esquecia.

— Oh! não, não — exclamou *Sir* Edward em êxtase. — Ele era só ardor e verdade! Seu gênio e sua sensibilidade puderam levá-lo a algumas aberrações, mas quem é perfeito? Seria hipercriticismo, seria pseudofilosofia esperar-se da alma de um gênio de tal forma vigoroso os servilismos de uma alma comum. As cintilações de um talento, que despertam no coração do homem uma sensibilidade apaixonada, são talvez incompatíveis com certas convenções prosaicas da vida; e a senhorita, minha encantadora srta. Heywood — continuou ele, falando com ar de profunda emoção —, bem como qualquer outra mulher não poderia ser um bom juiz do que um homem pode ser levado a dizer, escrever ou fazer quando sob o impulso soberano de um ardor ilimitado.

Era algo bastante elaborado... mas Charlotte sentia bem que não era de todo moral, e como não estivesse nada satisfeita com a maneira extraordinária com que ele se dirigia a ela, respondeu-lhe gravemente:

— Na verdade nada sei sobre o assunto. O dia está encantador. Creio que o vento está soprando do sul.

— Feliz, feliz o vento que consegue ocupar os pensamentos da srta. Heywood!

Ela começava a achá-lo um perfeito idiota. Compreendia agora o motivo por que ele escolhera passear a seu lado. Fizera-o para espicaçar a srta. Brereton. Ela percebera isso em um ou dois olhares inquietos de *Sir* Edward. Mas a razão que o levara a dizer tantos disparates, a menos que não pudesse conseguir algo melhor, permanecia incompreensível. Ele parecia muito sentimental, transbordante de uma ou outra sensação e muito dedicado às palavras fortes do novo vocabulário da moda, não tinha as ideias muito claras, pensava Charlotte, e falava a maior parte do tempo por clichês. O futuro iria aclarar melhor o personagem, mas, quando propuseram ir à livraria, ela sentiu que já havia tido o suficiente de *Sir* Edward para uma manhã e de bom grado aceitou o convite de *lady* Denham para permanecer com ela na Esplanada. Os outros as deixaram, *Sir* Edward lançando a Charlotte olhares de um desespero muito galante ao ter que se afastar dela, e elas corresponderam às suas gentilezas, ou seja, *lady* Denham, como uma verdadeira grande dama, falava sem parar das coisas que só interessavam a ela, e Charlotte ouvia, entretida com o contraste entre os dois personagens. Não se encontrava certamente na fala de *lady* Denham a menor tendência a um sentimento duvidoso nem suas frases eram de difícil interpretação. Tomando Charlotte pelo braço com a desenvoltura de alguém que considera uma honra qualquer manifestação de agrado de sua parte, e que isso implicava no fato de que essa mesma consciência de sua importância se espelhava em seu amor natural pela conversação airosa, *lady* Denham disse imediatamente, com um tom de profunda satisfação e um olhar de maliciosa sagacidade:

— A srta. Esther quer que eu a convide e a seu irmão a passar um fim de semana comigo em Sanditon House, como no verão passado. Mas não vou fazê-lo. Ela tentou me envolver de toda maneira com seus elogios sobre isto e aquilo, mas percebi bem aonde ela queria chegar. Vi o que estava por trás de tudo. Não me deixo levar assim tão fácil, minha querida.

Charlotte não conseguiu pensar nada menos inofensivo para dizer do que a simples indagação:

— *Sir* Edward e a srta. Denham?

— Sim, minha querida. Os meus *pequenos*, como às vezes os chamo, pois me ocupo bastante deles. Tive-os comigo no verão passado, por esta época, durante uma semana; de segunda a segunda. Ficaram encantados e agradecidos. Pois são dois jovens excelentes, minha cara. Não quero que pense que me interesso por eles *simplesmente* por causa do meu pobre e querido *Sir* Harry. Não, não; eles são pessoalmente merecedores ou, creia-me, não estariam tanto tempo em minha companhia. Não sou mulher de ajudar a todos indiscriminadamente. Sempre tomo cuidado com o que faço e com quem devo tratar antes de mover um dedo. Creio que nunca fui ludibriada em minha vida, o que não é nada mal para uma mulher que já foi casada duas vezes. Pobre *Sir* Harry, cá entre nós, pensou a princípio que ia levar a melhor. Mas (com um pequeno suspiro) lá se foi, e não devemos criticar os mortos. Ninguém pode ter sido mais feliz do que nós dois fomos... ele era um homem muito respeitável, o verdadeiro cavalheiro das velhas tradições. E, quando morreu, dei o relógio de ouro dele para *Sir* Edward.

Acompanhou estas palavras de um olhar que dizia claramente esperar que elas causassem uma profunda impressão; e, como não visse no comportamento de Charlotte nenhum sinal de espanto entusiástico, logo acrescentou:

— Ele não o havia legado ao sobrinho, minha querida. Não estava no testamento. Ele apenas me disse, e *só* uma vez, que gostaria que o sobrinho ficasse com o relógio. Mas eu não estava na obrigação de dá-lo se não quisesse.

— Muito gentil de sua parte! Muito elegante! — disse Charlotte, absolutamente forçada a afetar admiração.

— Sim, minha querida, e esta não foi a *única* bondade que lhe prestei. Tenho sido uma amiga muito generosa para com *Sir* Edward. E o pobre coitado bem que necessita disso. Pois, embora eu seja apenas a *doadora* e ele seja o *herdeiro*, as coisas não se passam entre nós como habitualmente costumam acontecer entre essas duas partes. Não recebo um níquel do patrimônio dos Denhams. *Sir* Edward não tem nenhum pagamento a *me* fazer. Ele não se encontra numa situação brilhante, acredite-me, e sou eu quem o ajuda.

— É mesmo?! E ele é um jovem muito elegante, de maneiras finas.

Isso fora dito principalmente para dizer alguma coisa, mas Charlotte logo percebeu que ela havia se exposto à suspeita de *lady* Denham, que lhe deu um olhar penetrante e respondeu:

— Sim, sim, é verdade, ele é muito bem-apessoado. E é de se esperar que alguma senhora de grande fortuna também venha a pensar assim, pois *Sir* Edward *tem* que se casar por dinheiro. Nós dois já falamos várias vezes sobre isso. Um jovem elegante como ele pode sair por aí agradando a todas com sorrisos e fazendo elogios indiscriminados às garotas, mas ele sabe que *tem* de se casar por dinheiro. Ele no fundo é uma pessoa muito séria e tem boa orientação.

— *Sir* Edward Denham — disse Charlotte —, com tais vantagens pessoais, tem toda a garantia de arranjar uma mulher rica se quiser.

Esse esplêndido julgamento pareceu remover inteiramente qualquer suspeita.

— Isso, minha cara, você se exprimiu muito bem! — exclamou *lady* Denham. — Se ao menos pudéssemos atrair uma jovem herdeira a Sanditon! Mas as herdeiras são tremendamente escassas. Penso que nunca tivemos uma herdeira por aqui, nem mesmo uma co-herdeira desde que Sanditon se tornou um balneário bem-frequentado. As famílias se sucedem, mas, pelo que eu sei, não há uma em uma centena delas que tenha fortuna real em bens de raiz ou em rendimentos. Uma renda, talvez, mas não propriedades. Religiosos, talvez, ou advogados da cidade, oficiais subalternos ou viúvas com dotes. E que bem nos podem trazer tais pessoas? Podem simplesmente ocupar nossas casas vazias e, cá entre nós, acho que são uns imbecis em não ficarem por lá onde estão. Mas, se pudessem mandar para cá, por motivo de saúde, uma jovem herdeira, e se lhe receitassem leite de jumenta, eu bem que poderia fornecer-lhe, e aí poderíamos fazê-la apaixonar-se por *Sir* Edward assim que ela estivesse melhor!

— Na verdade, seria perfeito.

— E a srta. Esther também precisa se casar com alguém de fortuna. Tem que arranjar um marido rico. Ah, as jovens que não têm dinheiro são de fato dignas de pena! Mas — continuou, após uma curta pausa —, se a srta. Esther pensa convencer-me a convidá-los a vir ficar em Sanditon House, vai ver logo que está enganada. As coisas mudaram para mim desde o verão passado, sabia? Tenho agora a srta. Clara comigo, o que faz uma grande diferença.

Disse de maneira tão séria que Charlotte viu nisso a evidência de uma grande aproximação e preparou-se para ouvir mais detalhes; mas a outra simplesmente seguiu dizendo:

— Não tenho a menor inclinação para ver a minha casa abarrotada como um hotel. Não me disponho a ver minhas duas empregadas passando a manhã inteira a arrumar os quartos. Já têm o quarto de Clara bem como o meu para fazer todos os dias. Se lhes déssemos trabalho pesado, iriam querer melhores salários.

Charlotte não estava preparada para réplicas dessa natureza. Achou-se tão impossibilitada até mesmo de afetar simpatia que não conseguiu dizer nada. *Lady* Denham logo acrescentou, com grande júbilo:

— E, além de tudo, minha cara, estarei eu aqui para encher a minha casa em prejuízo de Sanditon? Se as pessoas têm vontade de estar à beira-mar, porque não alugam os apartamentos? Temos aqui um bom número de casas vazias... três aqui mesmo na Esplanada. Não menos do que três anúncios de aluguel bem visíveis para mim neste momento, o número três, o quatro e o oito. O oito, na esquina, pode ser grande demais para eles, mas, quanto aos outros dois, são pequenos alojamentos confortáveis, bem-equipados para um jovem cavalheiro e sua irmã. Por isso, minha cara, da próxima vez que a srta. Esther começar a falar da umidade de Denham Park e dos benefícios que os banhos lhe trazem, vou aconselhá-los a alugar um desses alojamentos por uns 15 dias. Não acha que isso seria razoável? A caridade deve começar em casa, você sabe.

Os sentimentos de Charlotte estavam divididos entre o divertimento e a indignação, mas a indignação prevaleceu. Manteve a compostura e guardou o silêncio polido. Não conseguia mais conter a paciência, mas, sem tentar ouvir por mais tempo, e apenas consciente de que *lady* Denham continuaria a falar sobre o mesmo assunto, deixou seus pensamentos se conformarem numa meditação do seguinte teor: "Ela é totalmente desprezível. Não esperava nada tão malévolo. O sr. Parker falara tão suavemente a seu respeito. Mas evidentemente não se pode confiar em seu julgamento. Sua própria bondade o desnorteia. Tem o coração bom demais para ver as coisas claramente. Tenho que julgar por mim mesma. Suas próprias *relações* o predispõem a isso. Persuadiu--a a entrar na mesma especulação, e, como o objetivo de ambos é o mesmo nesse sentido, imagina que seus outros sentimentos se afinem da mesma maneira. Mas ela é má, muito má. Não vejo bondade alguma nela. Pobre srta. Brereton! E ela torna más todas as pessoas em seu redor. Esse pobre *Sir* Edward e sua irmã, não saberei dizer a que ponto a natureza os queira dignos de estima, mas seu servilismo em relação a ela os *condena* à abjeção... E eu também sou desprezível dispensando-lhe minha atenção com a aparência de estar concordando com ela. Eis a maneira como as pessoas ricas são sórdidas."

VIII

As duas senhoras continuaram a caminhar juntas até se encontrarem com as outras, as quais, ao saírem da livraria, foram seguidas por um jovem Whitby que se precipitava para o coche de *Sir* Edward levando cinco volumes embaixo do braço. E *Sir* Edward, aproximando-se de Charlotte, lhe disse:

— Pode imaginar qual tem sido a nossa ocupação. Minha irmã queria orientação na escolha de alguns livros. Temos longas horas de lazer e lemos muito. Mas não sou um leitor incondicional de romances. Alimento o mais profundo desdém pelo grosso do que chega nas livrarias ambulantes ordinárias. Jamais me verá promovendo essas emanações pueris do espírito que falam apenas de princípios discordantes incapazes de se amalgamar ou desses tecidos insípidos de acontecimentos cotidianos dos quais nada se pode extrair em deduções de utilidade. Em vão os deitamos num alambique literário, pois nada destilamos que possa servir à ciência. A senhorita me compreende, estou certo?

— Não estou inteiramente certa, mas, se me descrever o gênero de romances que o senhor *aprova*, creio que me permitirá ter uma ideia mais clara.

— Com muito gosto, minha cara argumentadora. As novelas que aprovo são aquelas que mostram com grandiosidade a natureza humana; as que mostram todas as sublimidades de um sentimento intenso, as que expõem o encaminhamento de uma intensa paixão, desde o primeiro germe da sensibilidade incipiente às energias extremas em que a razão é semidestronada; aquelas em que vemos a poderosa centelha dos encantos femininos despertar tal fogo na alma do homem a ponto de conduzi-lo — ainda que ao risco de alguma aberração com respeito à linha estrita dos deveres primordiais — a tudo arriscar, a tudo ousar, a tudo vencer para conquistá-la. Tais são as obras que leio com atenção e prazer, e espero poder dizer até mesmo com proveito. Elas oferecem as mais esplêndidas representações das ideias superiores, das visões sem limites, dos ardores sem freios, das decisões indômitas. E mesmo quando os acontecimentos são totalmente contrários às sublimes maquinações do personagem principal — o poderoso, penetrante herói da história — permanecemos cheios de generosas emoções para com ele. Nossos corações ficam paralisados. Seria pseudofilosofia afirmar que nos sentimos menos penetrados pela fulgurância de suas carreiras do que pelas tranquilas e mórbidas virtudes de seus rivais. A aprovação que concedemos a estes não passa de um gesto caritativo. São romances que aumentam as capacidades primitivas do coração, cujo espírito não se pode discutir e em que não se encontra no herói, o mais sábio dos homens, a menor falha com a qual se familiarizar.

— Se o compreendo bem — disse Charlotte — nosso gosto pelas novelas não é de modo algum o mesmo.

Mas neste momento foram obrigados a se separar, pois a srta. Denham estava cansada demais de ambos para permanecer por mais tempo. A verdade é que *Sir* Edward, cujas circunstâncias o haviam confinado a permanecer por muito tempo no mesmo lugar, tinha lido mais novelas sentimentais do que podia admitir. Desde cedo, sua imaginação fora cativada pelas passagens mais apaixonadas e discutíveis da obra de Richardson, e todos esses autores que apareceram depois para acompanhar seus passos (na medida que seus livros tratam da perseguição determinada que um homem faz a uma mulher, a despeito de sentimentos e conveniências envolvidos) tinham desde então ocupado a maior parte das horas que consagrava à literatura, e haviam formado seu caráter. Com a perversidade de julgamento atribuível a não ter tido por natureza uma mente muito sólida, para ele, a graça, o espírito, a sagacidade e a perseverança do vilão da história ultrapassavam todos os absurdos que cometesse. Tal conduta era a marca do gênio, o ardor e a sensibilidade. Isso o interessava e inflamava, e ele estava sempre cada vez mais ansioso pelo sucesso do personagem e mais afligido pelo fracasso de suas maquinações do que podiam imaginar os próprios autores. Ainda que devesse a maior parte de suas ideias a esse gênero de leituras, seria injusto dizer que não lesse nada além disso e que sua linguagem não fosse formada por um conhecimento mais amplo da literatura moderna. Lia todos os ensaios, correspondências, diários de viagens e obras críticas em voga; e, com o mesmo azar que o fazia extrair apenas falsos princípios das lições de moralidade e incentivos ao vício da história de suas derrotas, extraía do estilo dos autores mais conceituados apenas as palavras difíceis e as frases confusas. O grande objetivo da vida de *Sir* Edward era ser sedutor. Com as qualidades pessoais que sabia possuir, e todos os talentos que a si mesmo atribuía, considerava a sedução um dever. Achava que fora feito para ser um homem perigoso, na linha de um Lovelace. O próprio nome de *Sir* Edward, pensava, já carregava em si certo grau de fascínio. Mostrar-se de um modo geral galante e assíduo em face da beleza e dizer belas palavras a toda moça bonita eram apenas a parte menos importante do papel que tinha de representar. Dava-se ao direito (de acordo com sua visão pessoal das regras sociais) de se aproximar da srta. Heywood ou de qualquer outra jovem que se achasse bela, com grandes cumprimentos e conversas açucaradas desde a primeira apresentação, mas era somente em relação a Clara que ele acalentava propósitos mais sérios; era a Clara que ele se determinara a seduzir. Estava firmemente decidido a seduzi-la porque a situação o exigia em todos os sentidos. Além de sua rival nas atenções de *lady* Denham, era jovem, bonita e sem recursos. Ele compreendera desde logo a necessidade do caso e vinha agora tentando com cautelosa assiduidade comover-lhe o coração e solapar os seus princípios. Clara percebeu seus intentos e não tinha a menor intenção de se deixar seduzir, mas o tolerava com paciência o bastante para consolidar a espécie de afeto que seu encanto pessoal havia despertado. Mesmo um elevado grau de desencorajamento não teria de fato afetado *Sir* Edward. Ele estava armado contra a manifestação mais profunda de desdém ou aversão. Se ela não puder ser vencida pelo afeto, teria que conquistá-la à força. Ele conhecia o assunto. Já meditara muito sobre isso. Se *fosse* constrangido a agir assim, só teria que aplicar algo novo para suplantar os que vieram antes dele; e sentia uma estranha curiosidade em saber se as proximidades de Timbuctu não lhe poderiam propiciar uma casinha solitária própria para receber Clara. Mas, infelizmente!, as despesas que implicavam a execução de um estilo tão magistral eram pouco ajustáveis ao seu bolso, e a prudência o obrigava a preferir a mais desolada espécie de ruína e desonra em relação aos seus afetos do que os meios de ação mais renomados.

IX

Um dia, logo após a chegada de Charlotte a Sanditon, ela viu com prazer, no momento em que subia da praia para a esplanada, a carruagem de um cavalheiro atrelada a cavalos de muda bem à porta do hotel; parecia ter acabado de chegar e, pela quantidade de bagagem que descia dela, podia se esperar que alguma família respeitável acabara de chegar para uma longa estadia. Satisfeita por ter tão boas notícias a transmitir aos sr. e sra. Parker, que haviam subido para casa pouco tempo antes, ela seguiu para Trafalgar House com toda a vivacidade que ainda podia conservar depois de haver lutado duas horas contra um vento magnífico que soprava diretamente sobre a praia. Mas não havia ainda atingido o pequeno gramado à entrada da casa, quando percebeu que uma senhora andava rapidamente atrás dela a uma pequena distância; e, convencida de que não podia ser ninguém de suas relações, resolveu apressar-se para chegar à casa, se possível antes dela. Mas o passo da desconhecida não permitiu que o conseguisse. Charlotte estava à entrada e havia batido à porta, mas esta não se abrira e já a outra pessoa cruzava o gramado. E, quando o criado apareceu para abrir, ambas estavam na mesma posição prontas para entrar em casa. A naturalidade com que a senhora saudou "Como vai, Morgan?" e a expressão deste ao vê-la causaram em Charlotte um momento de surpresa, mas o momento seguinte trouxe o sr. Parker ao saguão para dar as boas-vindas à irmã, cuja chegada vira através das janelas da sala de visitas. Logo Charlotte foi apresentada à srta. Diana Parker. Se houve um bom momento de surpresa, maior ainda foi a satisfação do encontro. Nada se pode imaginar de mais agradável do que a recepção que o casal lhe proporcionou. Como é que veio? E com quem? E estavam tão satisfeitos de vê-la capaz de enfrentar a viagem! E que ela ficaria com *eles* era algo que estava fora de discussão. Diana Parker tinha cerca de 34 anos, de talhe médio e esbelta; feições delicadas, e não doentias; de face agradável e um olhar muito vivo; seus modos lembravam os do irmão pela desenvoltura e pela franqueza, embora fossem mais decisivos e tivesse menos suave o tom da voz. Começou imediatamente a relatar sua viagem. Agradecia-lhes o convite, mas "estava *fora* de questão que o aceitasse, pois tinham vindo os três e contavam instalar-se num alojamento para uma demorada estadia".

— Vieram os três! Como? Também Susan e Arthur! Susan também conseguiu vir! A coisa está cada vez melhor.

— Sim, de fato viemos todos. Era inevitável. Não havia nada a fazer. Vocês vão saber tudo a respeito. Mas, minha querida Mary, mande vir as crianças... estou ansiosa por vê-las.

— E como Susan suportou a viagem? E o Arthur, como está ele? E por que não o vemos aqui com você?

— Susan suportou a viagem magnificamente. Não pregou o olho nem na noite anterior à nossa partida nem na noite passada em Chichester, e, como isso não lhe ocorre com a mesma frequência que *a mim*, *eu* fiquei terrivelmente assustada por causa dela. Mas ela se portou maravilhosamente, não teve crises nervosas consequentes até chegarmos à vista da pobre e velha Sanditon, e mesmo assim a que teve não foi violenta. E já quase tinha passado quando chegamos ao seu hotel, de modo que a descemos da carruagem apenas com a ajuda do sr. Woodcock. Quando a deixei agora, já estava tratando da remoção das bagagens e ajudando o velho Sam a desamarrar as malas. Mandou-lhe os melhores cumprimentos com um milhão de desculpas por ser uma criatura tão miserável a ponto de não poder vir comigo. E, quanto a Arthur, ele bem que queria vir, mas havia tanto vento que achei não ser prudente se arriscar, pois tenho *certeza* de que ele está ameaçado de lumbago; por isso, ajudei-o a vestir seu casacão e mandei-o à Esplanada para nos arranjar alojamento. A srta. Heywood deve ter visto a nossa carruagem à porta do hotel. Reconheci logo que era a srta. Heywood desde o momento em que a vi subindo a colina. Meu caro Tom, estou tão contente em ver você andando tão bem. Deixe-me examinar seu tornozelo. Está bem, muito bem mesmo. O movimento dos tendões está só um *pouquinho* afetado. Apenas perceptível. Bom, agora vamos à explicação da minha presença aqui. Em minha carta eu lhe falei de duas numerosas famílias que eu estava esperando conseguir para cá, os antilhanos e as estudantes.

Neste ponto, o sr. Parker puxou sua cadeira ainda para mais perto da irmã e segurou-lhe a mão da maneira mais afetuosa, dizendo-lhe:

— Ah, sim, como você tem sido ativa e generosa!

— Os antilhanos — continuou ela —, que eu considero os *mais* desejosos dos dois, o que há de melhor, são na verdade uma sra. Griffiths e sua família. Só os conheço indiretamente. Você deve ter me ouvido mencionar uma srta. Capper, grande amiga da *minha* grande amiga Fanny Noyce. Ora, a srta. Capper tem forte relacionamento com a sra. Darling, que mantém constante correspondência com a própria sra. Griffiths. Só uma *pequena* cadeia, como vê, existe entre nós, e não lhe falta um só elo. A sra. Griffiths queria vir para uma estação marítima para benefício de seus filhos e tinha optado pela costa de Sussex, mas ainda não decidira onde; queria algo exclusivo, e escreveu à sua amiga sra. Darling pedindo opinião. Acontece que a srta. Capper estava em companhia da sra. Darling quando a carta da sra. Griffiths chegou, e foi então consultada a respeito. *Ela* escreveu no mesmo dia à Fanny Noyce e lhe falou sobre o assunto. E Fanny, para *nosso* bem, tomou de imediato da pena e historiou as circunstâncias para mim, exceto os nomes, que só recentemente foram referidos. Para *mim* só havia *uma* coisa a fazer. Respondi a carta de Fanny na mesma hora insistindo em recomendar Sanditon. Fanny estava com receio de que você não tivesse uma casa bastante grande para receber uma família desse porte. Mas parece que estou encompridando indefinidamente a minha história. É para você ver como o assunto foi conduzido. Tive o prazer de saber pouco depois, graças à mesma cadeia de amigos, que Sanditon tinha sido recomendado pela sra. Darling e que os antilhanos estavam inteiramente dispostos a vir para cá. O assunto estava nesse pé quando lhe escrevi. Mas há dois dias, ou seja, anteontem, tive outras notícias de Fanny Noyce, dizendo que *ela* havia recebido uma carta da srta. Capper, deduzindo de uma carta da sra. Darling que a sra. Griffiths, numa carta que dirigira à sra. Darling, se mostrara indecisa em relação a Sanditon. Estou sendo clara? Podem me acusar de tudo, menos de faltar com a clareza.

— Oh! Está sendo perfeitamente clara, sem dúvida. E então?

— A razão da indecisão se prende ao fato de ela não conhecer ninguém em Sanditon e por isso não ter meios de se certificar de que teria boas acomodações ao chegar aqui; e estava particularmente preocupada e cheia de escrúpulos mais por causa de uma certa srta. Lambe, uma jovem, provavelmente sua sobrinha, confiada a seus cuidados, do que por sua própria causa ou a de suas filhas. A srta. Lambe é dona de imensa fortuna — mais rica que todos eles —, mas de saúde muito delicada. Tudo isso demonstra claramente o *gênero* de mulher que deve ser a sra. Griffiths: tão incapaz e indolente quanto a riqueza e um clima tropical podem proporcionar. Mas não nascemos para ter as mesmas energias. O que precisava ser feito? Tive uns raros momentos de indecisão, se devia me oferecer para escrever a você ou à sra. Whitby para lhe conseguir uma casa. Mas nenhuma das hipóteses me agradava. Odeio recorrer aos outros quando posso agir por mim mesma; e minha consciência disse-me que era uma ocasião que me esperava. Eu tinha ali uma família de inválidos incapazes de agir e à qual eu devia servir antes de tudo. Sondei Susan. A mesma ideia lhe havia ocorrido. Arthur não fez objeções. Nosso plano foi imediatamente levado a cabo: partimos ontem às seis da manhã, deixamos Chichester à mesma hora de hoje, e aqui estamos.

— Excelente! Excelente! — exclamou o sr. Parker. — Diana, você é insuperável em servir aos seus amigos e fazer o bem a todo mundo. Não conheço ninguém como você. Mary, minha querida, ela não é mesmo uma criatura admirável? Mas agora vejamos... que casa você pretende reservar para eles? Qual o tamanho da família?

— Não sei absolutamente nada — replicou a irmã — não tenho a menor ideia, nunca soube dos detalhes; mas estou mais que certa de que a maior casa de Sanditon não lhes será grande *demais*. É mesmo provável que venham a querer uma segunda. No entanto, só vou reservar uma, e isso por apenas uma semana garantida. Srta. Heywood, sinto que lhe causo espanto. Não está sabendo como me interpretar. Vejo pela sua fisionomia que não está habituada a medidas tão enérgicas.

As expressões "inacreditável solicitude!" e "furiosa atividade!" surgiram na mente de Charlotte, mas ela preferiu uma resposta polida:

— Confesso que devo parecer surpresa — disse —, pois se trata de grandes esforços e sei o quanto a senhora e sua irmã estão inválidas.

— Inválidas é bem o termo. Tenho a certeza de que em toda a Inglaterra não há três pessoas que tenham mais tristemente o direito a tal designação! Mas, minha cara srta. Heywood, viemos a este mundo para nos tornarmos os mais úteis possível, e, quando nos é dado um pouco de força de espírito, não será um corpo débil que poderá nos exculpar ou nos levar a pedir desculpas. O mundo está basicamente dividido entre os fracos e os fortes de espírito, entre os que podem e os que não podem agir, e é um dever imperioso dos capazes não deixar escapar uma oportunidade de serem úteis. As queixas minhas e de minha irmã felizmente não são de natureza a ameaçar nossa existência *de imediato*. E, enquanto *pudermos* nos esforçar por sermos úteis aos outros, estarei convencida de que o corpo se beneficiará com o repouso que o espírito recebe em cumprir seu dever. Enquanto viajei com esse objetivo em mente, senti-me perfeitamente bem.

A entrada das crianças pôs fim a esse pequeno panegírico de suas disposições naturais. E, depois de os ter acolhido e acariciado, ela se preparou para sair.

— Você não pode jantar conosco? Não nos seria possível convencê-la a jantar conosco? — foi a exclamação geral. E, como houvesse uma negativa absoluta, continuaram:

— E quando a veremos de novo? E em que podemos lhe ser úteis?

E o sr. Parker ofereceu-lhe calorosamente sua assistência para arranjar a locação para a sra. Griffiths.

— Vou ao seu encontro assim que acabar de jantar — disse ele — e vamos procurar juntos.

Mas tal oferta foi imediatamente recusada.

— Não, meu caro Tom, não quero por nada deste mundo que você dê um passo no que diz respeito aos meus negócios. Seu tornozelo precisa de repouso. Vejo pela posição de seu pé que você já o usou muito hoje. Não, vou me ocupar imediatamente dessa locação. Marcamos nosso jantar para as seis, e por essa hora já espero ter concluído tudo. Agora são apenas quatro e meia. Quanto a *me* ver novamente hoje, não posso garantir. Os outros estarão no hotel a noite inteira e desejosos de vê-lo a qualquer hora; mas, assim que eu voltar, vou saber o que o Arthur conseguiu a respeito das nossas próprias acomodações e depois do jantar sairemos para tratar de negócios relativos a elas, pois esperamos arranjar um qualquer para nos acomodar depois do café da manhã. Não confio muito na habilidade do pobre Arthur para arranjar uma casa, mas parece que ele gostou da incumbência.

— Acho que você está se esforçando demais — disse o sr. Parker. — Vai acabar se esgotando. Não devia sair de novo depois do jantar.

— Não, não devia mesmo — acrescentou a esposa —, pois jantar para você não passa de uma *palavra* e não lhe fará grande bem. Conheço bem o que você chama de apetite.

— Asseguro-lhe que meu apetite melhorou muito ultimamente. Tenho tomado uns chás que eu mesma preparo, que têm feito milagres. A Susan não come nada, concordo, e neste momento eu também não tenho a menor vontade de comer. Fico sem comer por quase uma semana após viajar. Quanto ao Arthur, está sempre muito disposto a comer. Às vezes, precisamos controlá-lo.

— Mas você não me disse nada sobre a *outra* família que está vindo para Sanditon — disse o sr. Parker enquanto acompanhava a irmã até a porta da casa. — O educandário de Camberwell. Vamos ter alguma chance com *eles*?

— Oh, sem dúvida. Eu me esqueci deles por um momento. Mas há três dias recebi uma carta de minha amiga sra. Charles

Dupuis tranquilizando-me quanto aos Camberwells. Eles virão com certeza e muito em breve estarão aqui. *Essa* boa senhora, cujo nome ainda desconheço, não sendo tão rica e independente como a sra. Griffiths, pode viajar e decidir por si mesma. Vou lhe contar como cheguei a *ela*. A sra. Charles Dupuis é praticamente vizinha de uma senhora que tem um amigo há pouco estabelecido em Clapham que leciona no educandário e dá aulas de eloquência e literatura a algumas jovens de lá. Presenteei esse senhor com uma lebre que ganhei de uns amigos de Sidney e ele recomendou Sanditon às alunas, sem que eu nem sequer aparecesse no caso. Foi a sra. Charles Dupuis quem conseguiu tudo.

X

A menos de uma semana, a sensibilidade da srta. Diana Parker lhe dissera que a brisa do mar, em seu estado atual de saúde, seria fatal para ela. E agora, lá estava ela em Sanditon, pretendendo passar uns dias, sem aparentemente demonstrar a mais leve lembrança de ter escrito ou sentido tal coisa. Era impossível para Charlotte não admitir uma boa dose de fantasia em tão extraordinário estado de saúde. Recaídas e restabelecimentos tão pouco sujeitos às regras habituais antes parecem fantasias de espíritos ardentes em busca de ocupação do que enfermidades e curas efetivas. Os Parkers eram sem dúvida uma família que tinha muita imaginação e sentimentos vivos, e, enquanto o irmão mais velho encontrara vazão de seu excesso de sensibilidade tornando-se empresário, as irmãs eram talvez levadas a dissipar a delas na invenção de estranhas enfermidades. Sua vivacidade mental não era ocupada *inteiramente*; parte dela se consumia no empenho em se mostrarem úteis. Parece que ou deviam estar aplicadas no bem alheio ou então extremamente caídas em seu próprio mal. Uma delicadeza natural de constituição, na verdade, junto a um pendor infeliz pela medicina, especialmente a dos charlatães, tornara-as precocemente sujeitas a vários distúrbios ocasionais. Deviam o resto de seus males à imaginação, ao gosto de se mostrar e seu amor pelo maravilhoso. Tinham um coração caridoso e muitos sentimentos afáveis, mas propensão a uma atividade incansável e a glória de fazer mais do que qualquer outro tinham seu quinhão em cada um de seus atos de benevolência. E havia vaidade em tudo o que faziam, bem como em todos os males que suportavam. O sr. e a sra. Parker passaram grande parte da noite no hotel, mas, quanto a Charlotte, teve apenas duas ou três oportunidades de ver a srta. Diana correndo pela colina em busca de uma casa para uma senhora que ela nunca tinha visto e jamais lhe pedira tal serviço. Charlotte só veio a conhecer os demais no dia seguinte, quando, depois de se instalarem convenientemente e todos se sentirem bem, convidaram o irmão, a cunhada e também a ela para tomar chá com eles. Alugaram uma das casas da Esplanada, e Charlotte os encontrou para o serão reunidos num pequeno e confortável salão com uma bela vista para o mar, caso o desejassem, mas, embora fosse um belo dia de verão, não só não havia nenhuma janela aberta, como o sofá e a mesa e todos os móveis em geral estavam do outro lado da sala ao lado de um fogo aceso. Susan Parker, de quem Charlotte, se lembrando dos três dentes que lhe foram arrancados num só dia, se aproximou com uma respeitosa compaixão, não era muito diferente da irmã pelo físico e pelas maneiras, embora mais franzina, e desgastada pela doença e pelos remédios, mais descansada no aspecto e de voz menos agressiva. Falava, contudo, o tempo todo, tão incessantemente quanto Diana, e, exceto por ter se sentado com seus sais à mão, tomado duas ou três vezes umas gotas de um dos vários frascos já dispostos no consolo da lareira e feito várias caretas e se contorcer, Charlotte não pôde perceber os sintomas da enfermidade que ela mesma, com a intrepidez de sua boa saúde, não pudesse debelar simplesmente apagando a lareira, abrindo a janela e se desembaraçando dos sais e das gotas por meio de uma ou de outra. Tinha bastante curiosidade em conhecer o sr. Arthur Parker, e, imaginando uma criatura franzina, de ares delicados, o de menor compleição de uma família não muito robusta, ficou espantada ao constatar que ele era tão alto quanto o irmão e algo mais corpulento, de ombros mais largos e musculosos, não tendo de inválido senão uma constituição meio balofa. Diana era evidentemente a chefe da família — seu motor e figura principal. Estivera de pé a manhã inteira, tratando dos assuntos da sra. Griffiths e também dos deles, permanecendo a mais alerta dos três. Susan fizera apenas a supervisão da mudança final do hotel, carregando ela própria duas pesadas caixas, enquanto Arthur achara o ar tão frio que simplesmente fora de uma casa para a outra tão rapidamente quanto pôde e se gabava agora de ter permanecido junto ao fogo até obter uma boa chama. Diana, cuja atividade fora doméstica demais para que se pudesse nela ver algum interesse calculado, mas que, segundo ela própria, não se sentara pelo espaço de sete horas, confessava-se um tanto cansada. De fato, tinha conseguido, com muita fadiga, um grande sucesso, pois, contornando mil e uma dificuldades, não só garantira uma casa grande e confortável para a sra. Griffiths por oito guinéus por semana, como também entrara em grandes tratativas com criadas, cozinheiras, lavadeiras e banhistas, de modo que a sra. Griffiths teria pouco mais, à sua chegada, do que erguer a mão e escolher a que lhe aprouvesse. Seu esforço final pela causa tinha sido o envio de umas poucas linhas de polida informação à própria sra. Griffiths, já que o pouco tempo de que dispunha não lhe permitia utilizar a rede de informações indiretas de que se havia servido até então, e se deliciava com o prazer de estar estabelecendo os primeiros passos de um relacionamento com tal demonstração de inesperada cortesia. Assim que saíram, Charlotte, o sr. e a sra. Parker tinham visto duas malas-postas descendo a colina em direção do hotel, uma visão alegre e cheia de promessas. As srtas. Parker e Arthur também tinham visto algo: distinguiam da janela pessoas que chegavam ao hotel, mas não eram capazes de avaliar quantas. Os visitantes correspondiam à lotação de duas carruagens de aluguel. Seriam as alunas do educandário Camberwell? Não, não eram. Se tivesse havido um terceiro veículo, poderiam ser, mas houve um consenso geral de que duas carruagens não seriam suficientes para transportar um educandário. O sr. Parker estava convencido de que se tratava de uma nova família. Quando finalmente estavam instalados, após alguns deslocamentos para contemplar o mar e o hotel, Charlotte acabou se achando ao lado de Arthur, que se sentara ao pé do fogo com um ar de grande satisfação, o que tornava altamente meritório seu ato de civilidade em lhe oferecer o lugar. Não houve o menor sinal de hesitação no modo como ela declinou o oferecimento, e ele voltou a sentar-se com imensa satisfação. Ela recuou sua cadeira de modo a servir-se de Arthur como anteparo, ficando-lhe agradecida a cada centímetro de suas costas e ombros que ultrapassava suas previsões. Arthur tinha o olhar tão pesado quanto sua figura, mas de maneira alguma indisposto a falar; e, enquanto os outros quatro estavam ocupados entre si, ele não considerou nenhuma penitência ter ao seu lado uma bela jovem que exigia, segundo as boas regras da polidez, que ele se interessasse por ela, como lhe fez observar seu irmão com grande prazer, sentindo a incontestável necessidade que Arthur tinha de alguma razão para agir, algum poderoso motivo que o estimulasse. Tal foi a influência de sua juventude e frescor que Arthur começou mesmo a entrar com uma série de desculpas por estar junto ao fogo.

— Isso em casa não seria preciso — disse —, mas o ar marítimo é sempre úmido. Não há nada que eu mais tema do que a umidade.

— Pois tenho a sorte de nunca saber se o ar está seco ou úmido — disse Charlotte. — Nele encontro sempre alguma propriedade que para mim é salutar ou revigorante.

— Também gosto do ar livre, tanto quanto qualquer pessoa — replicou Arthur. — Adoro estar diante de uma janela aberta quando não há vento. Mas, infelizmente, o ar úmido não gosta *de mim*, me causa reumatismo. A senhorita não tem reumatismo, suponho.

— De forma alguma.

— Pois é uma bênção. Mas talvez sofra dos nervos?

— Não, não creio. Não tenho a menor ideia de que sofra.

— Pois eu sou muito nervoso. Para dizer a verdade, os nervos são a pior parte das minhas queixas em *minha* opinião. Minhas irmãs me acham bilioso, mas duvido muito.

— O senhor tem todo o direito de duvidar disso o quanto puder, tenho certeza.

— Se eu fosse bilioso — continuou —, não suportaria o vinho, mas, sabe, ele sempre me fez bem. Quanto mais vinho eu tomar, com moderação, melhor me sinto. É à noite que me sinto melhor. Se me tivesse visto hoje antes do jantar, iria achar-me um pobre coitado.

Charlotte bem que o acreditava. Contudo, manteve a compostura e disse:

— Tanto quanto sei o que sejam as doenças nervosas, tenho bom conhecimento da eficácia que o ar livre e os exercícios exercem sobre elas. Eu lhe recomendaria um bom exercício regular, todos os dias, e com mais frequência do que imagino tenha o *senhor* por hábito fazê-lo.

— Oh, sou grande entusiasta dos exercícios, também eu — replicou —, e pretendo fazer grandes caminhadas enquanto estiver aqui, se o tempo convier. Vou sair todas as manhãs antes do café, dar uns giros pela Esplanada e a senhorita me verá com frequência em Trafalgar House.

— Mas o senhor não acha que ir até Trafalgar House é já um grande exercício?

— Não no que diz respeito à distância, mas a subida é muito íngreme! Subir até o alto daquela colina, no meio do dia, me faria transpirar intensamente. Iria ver-me banhado de suor quando eu chegasse lá! Sou muito sujeito à transpiração, e não há sinal mais certo de nervosismo do que ela.

Estavam agora avançando tanto em exercícios físicos que Charlotte viu como feliz interrupção a criada entrar com o serviço de chá. Sua chegada provocou grande e imediata mudança no ambiente. As atenções que o jovem dispensava a Charlotte se desvaneceram por completo. Ele apanhou seu próprio bule de chocolate da bandeja, que parecia conter o número de xícaras quase igual ao das pessoas presentes: Susan serviu-se de uma espécie de chá medicinal, enquanto Diana tomava um outro. Arthur, voltando-se completamente para o fogão, ficou mexendo e misturando a bebida a seu gosto, enquanto reaquecia algumas torradas, que já chegaram preparadas na bandeja. Enquanto assim agia, Charlotte não o ouviu se manifestar senão por alguns murmúrios com que expressava, por meio de frases entrecortadas, sua autossatisfação com o sucesso obtido. Mas, quando terminou sua atividade, contudo, voltou à poltrona, mostrando-se o mais galante possível na escolha de sua colocação, e provou que não andara trabalhando somente para si mesmo ao insistir gravemente com Charlotte para que ambos tomassem chocolate com torradas. Ela já havia se servido de chá, o que o surpreendeu, tão absorvido que andara no preparo de sua preferência.

— Pensei que acabaria a tempo — disse —, mas o chocolate leva alguns minutos para ferver.

— Sou-lhe imensamente grata — replicou Charlotte —, mas eu *prefiro* chá.

— Vou, então, me servir — disse ele. — Uma taça grande de chocolate bem leve toda noite me agrada mais do que qualquer outra coisa.

No entanto, ela se surpreendeu ao ver que, enquanto ele despejava o que chamou de chocolate bem leve, saía do bule um magnífico jato de cor sombria, e imediatamente suas duas irmãs exclamaram:

— Oh, Arthur, você está fazendo toda noite seu chocolate cada vez mais forte.

— Este *aqui* está um tanto mais forte do que devia estar esta noite.

A resposta um tanto envergonhada de Arthur convenceu-a de que ele não apreciava de forma alguma ter ficado com fome na proporção em que elas o desejaram ou que ele próprio pudesse achar adequado. Ficou certamente muito feliz em poder desviar a conversação para as torradas e não ouvir mais o que as irmãs diziam.

— Espero que aceite algumas destas torradas — disse para Charlotte. — Considero-me um bom preparador de torradas, nunca as deixo queimar, nunca as ponho muito perto do fogo a princípio. E, como pode ver, não há nenhuma parte delas que não esteja dourada. Espero que goste das torradas.

— Com uma quantidade razoável de manteiga passada nelas, sim — disse Charlotte —, mas não de outra maneira.

— Eu também não — disse ele, excessivamente satisfeito. — Neste ponto concordamos inteiramente. Longe de serem saudáveis, penso que fazem mal ao estômago. Sem um pouco de manteiga para amenizá-las, ferem as paredes do estômago. Estou certo disso. Quero ter o prazer de passar um pouco de manteiga nelas para lhe oferecer, e em seguida farei o mesmo para mim. Fazem mal mesmo às paredes do estômago, mas há *pessoas* que não se convencem disso. O certo é que irritam e agem como se fossem um ralador de noz-moscada.

Mas ele não conseguiu se apoderar da manteiga sem um combate prévio, com as irmãs acusando-o de comer demais e declarando que não se podia confiar nele, e ele insistindo que comia apenas o suficiente para proteger as paredes estomacais, além do mais que o fazia agora só em consideração à srta. Heywood. Tal alegação só lhe poderia dar ganho de causa, e ele apanhou a manteiga e espalhou-a na torrada para a jovem com uma precisão que pelo menos agradou a si próprio. Mas, depois de lhe entregar a torrada, ele tomou a sua na mão, e Charlotte mal se conteve ao vê-lo observar as irmãs enquanto passava escrupulosamente na própria torrada a mesma quantidade de manteiga da anterior e, em seguida, aproveitando um raro momento de desatenção, acrescentar-lhe uma grossa camada antes de metê-la na boca. Decerto as satisfações que o sr. Arthur Parker encontrava em ser enfermo eram muito diferentes das de suas irmãs, não tão imateriais quanto às delas. Uma boa quantidade de migalhas se espalhava nele. Charlotte não podia deixar de suspeitar que ele adotava aquele estilo de vida principalmente para satisfazer um temperamento indolente e estar decidido a não sofrer outros males do que os provocados pelos ambientes aquecidos e a farta alimentação. Num detalhe, contudo, ela logo descobriu que ele havia contraído algo das irmãs.

— Como — disse ele — você se arrisca a tomar duas taças desse forte chá verde numa mesma noite? Que nervos deve ter! Como a invejo. No meu caso, se tivesse que beber apenas uma delas, que efeito pensa que teria sobre mim?

— Talvez o de mantê-lo acordado toda a noite — replicou Charlotte, querendo derrubar, com a grandeza de suas ideias, a tentativa de surpreendê-la.

— Ah! se fosse apenas isso! — exclamou. — Não. Agiria em mim como um veneno e me tiraria inteiramente o uso do lado direito cinco minutos depois de o haver tomado. Pode parecer incrível, mas já me aconteceu tantas vezes que não posso duvidar. Fico inteiramente privado do uso do lado direito por várias horas!

— Parece, sem dúvida, estranho — respondeu Charlotte friamente —, mas ouso dizer que aqueles que estudaram cientificamente as propriedades do lado direito e as do chá verde e compreenderam perfeitamente todas as possibilidades de interação entre eles demonstrariam que se trata do fenômeno mais simples do mundo.

Logo após o chá, chegou uma carta para a srta. Diana Parker vinda do hotel.

— Da sra. Charles Dupuis — disse ela —, uma carta pessoal.

E, após ler umas poucas linhas, exclamou em voz alta:

— Mas isto é realmente extraordinário! Muito extraordinário mesmo! Que ambas tenham o mesmo nome. Duas sras. Griffiths! Esta é uma carta de recomendação, destinada a me apresentar à senhora de Camberwell... cujo nome acontece ser também Griffiths.

Mais algumas linhas, no entanto, e o rubor subiu-lhe nas faces, ao que ela, um tanto perturbada, acrescentou:

— A coisa mais estranha que podia acontecer! E também uma srta. Lambe! Uma jovem antilhana de grande fortuna. Mas *não* pode ser a mesma. Impossível que seja a mesma.

Leu a carta em voz alta por comodidade. Tratava-se de apresentar a portadora, a sra. Griffiths de Camberwell, e as três jovens sob seus cuidados à srta. Diana Parker. A sra. Griffiths, sendo estrangeira em Sanditon, estava ansiosa por ter alguém que pudesse apresentá-la convenientemente; e a sra. Charles Dupuis, portanto, por instância do amigo intermediário, lhe havia providenciado essa carta, sabendo que não podia fazer maior gentileza a Diana do que lhe dando oportunidade de ser útil.

— A principal preocupação da sra. Griffiths seria a de instalar de maneira conveniente e confortável uma das jovens pupilas a seus cuidados, a srta. Lambe, uma jovem antilhana de grande fortuna e de saúde delicada.

Era muito estranho! Muito admirável! Muito extraordinário! Mas todos concordaram ser *impossível* que não houvesse duas famílias, já que as informações provindas dos dois núcleos completamente distintos de pessoas envolvidas no caso tornavam o assunto mais que certo. *Tinha* de haver duas famílias. Impossível ser de outra forma. "Impossível" e "Impossível" eram repetidos vezes sem conta com grande entusiasmo. Uma semelhança acidental de nomes e circunstâncias, embora impressionante a princípio, não implicava de todo que fosse impossível. E assim ficou decidido. Imediatamente Diana encontrou um bom meio de contrabalançar sua perplexidade. Vestiu o xale nos ombros e saiu novamente às correrias. Cansada como estava, teve que regressar imediatamente ao hotel para investigar a verdade e oferecer seus serviços.

XI

Mas isso não resolveria. Nada que toda a estirpe dos Parkers fosse capaz de arguir seria capaz de amenizar a catástrofe de a família de Surrey e a família de Camberwell serem uma só e a mesma. Os ricos antilhanos e a instituição das jovens senhoritas chegaram juntos em Sanditon naquelas duas carruagens de aluguel. A sra. Griffiths, que, segundo a apreciação de sua amiga, a sra. Darling, havia hesitado em ir por se achar incapaz da viagem, era a mesma sra. Griffiths cujos projetos, à mesma época, segundo outra fonte de informações, estava firmemente decidida a viajar, sem demonstrar quaisquer temores ou empecilhos. Tudo o que, nos relatos sobre essas duas famílias, tinha um aspecto de incongruência, poderia perfeitamente ser levado à conta da vaidade, da ignorância ou das cincadas de todos aqueles que a vigilância e a cautela da srta. Parker haviam envolvido nessa causa. *Suas* amigas íntimas deviam ser tão obsequiosas quanto ela, e o assunto alimentou cartas, recados e bilhetes em número suficiente para que tudo parecesse o que não era. Diana sentiu-se provavelmente um pouco constrangida por ser a primeira obrigada a admitir seu erro. Uma longa viagem desde Hampshire para nada, o desapontamento de um irmão, uma casa dispendiosa a seu encargo por uma semana devem ter sido algumas de suas imediatas reflexões, e pior do que tudo deve ter sido a sensação de que fora menos arguta e infalível do que ela própria se considerava. Mas nada disso, no entanto, parecia afligi-la por muito tempo. Havia tantos com quem compartilhar sua vergonha e reprovação que, quando dividisse suas partes com a sra. Darling, a srta. Capper, Fanny Noyce, a sra. Charles Dupuis e o vizinho desta, provavelmente não sobraria para ela senão uma quantidade ínfima de vergonha. De qualquer maneira, ela foi vista durante toda a manhã seguinte, alerta como sempre, andando à procura de acomodações para a sra. Griffiths. Tratava-se de uma senhora muito bem-educada, muito cortês, que se mantinha acolhendo essas belas e nobres senhoritas que necessitavam de mestres para concluir seus estudos ou de um lugar onde pudessem aparecer. Tinha muitas outras pupilas aos seus cuidados além das três que foram a Sanditon, mas as outras por azar estavam ausentes. Dessas três, e a bem dizer de todas, a srta. Lambe era fora de qualquer comparação a mais importante e preciosa, pois pagava proporcionalmente à sua renda. Tinha cerca de 17 anos, era meio mulata, reservada e frágil, tinha sua própria criada, ficaria com o melhor quarto da casa e tinha sempre o primeiro lugar nos planos da sra. Griffiths. As outras moças, duas srtas. Beaufort, eram exatamente do gênero de jovens que se pode encontrar em pelo menos um terço das famílias do reino. Tinham compleições passáveis, expressões pretensiosas, atitudes decididas e olhares seguros; eram bem-apessoadas e totalmente ignorantes, dividindo o tempo em ocupações que lhes pudessem atrair a admiração alheia e em trabalhos e expedientes cuja habilidade lhes permitisse trajar com uma elegância bem superior ao que de fato se poderiam proporcionar; eram das primeiras a adotar as mudanças da moda. Mas o objetivo de todas era cativar algum homem que fosse mais rico do que elas. A sra. Griffiths tinha preferido um local mais calmo e exclusivo como Sanditon por causa da srta. Lambe, enquanto as srtas. Beauforts, embora naturalmente preferissem tudo à pequenez e ao isolamento de uma Sanditon, já tinham durante a primavera se envolvido na inevitável despesa de seis novos vestidos para cada para uma temporada de três dias, e por isso se viam obrigadas a se satisfazer com uma Sanditon até que suas finanças se restabelecessem. Ali, com o aluguel de uma harpa para uma delas e a compra de algum papel de desenho para a outra, e todas as bijuterias que ainda podiam adquirir, pretendiam ser muito econômicas, muito elegantes e muito reservadas. Ficaria a mais velha das Beauforts, na esperança de ser louvada e celebrada por todos os que passassem ao alcance do som de seu instrumento, e srta. Letitia, a mais nova, pela curiosidade e pelo encantamento dos que se aproximassem dela enquanto estivesse desenhando; mas ambas com o consolo de serem consideradas as moças mais elegantes do lugar. A apresentação pessoal da sra. Griffiths à srta. Diana Parker assegurou-lhes imediatamente um relacionamento com a família de Trafalgar House e com os Denhams; e as srtas. Beaufort ficaram logo encantadas com "o círculo em que se moviam em Sanditon", para usar o termo apropriado, pois todos agora deviam "mover-se num círculo", e à prevalência desse movimento rotatório é que se deve talvez atribuir a vertigem e os passos em falso de muita gente. *Lady* Denham tinha outros motivos para se relacionar com a sra. Griffiths além de demonstrar com isso sua atenção para com os Parkers. A srta. Lambe era precisamente a jovem rica e enfermiça com quem ela andava sonhando; e fez amizade não só pensando em benefício de *Sir* Edward, mas também nos de suas jumentas leiteiras. Quanto ao que resultou no interesse de *Sir* Edward é algo que se verá, mas, quanto aos animais, logo percebeu que suas esperanças de lucro eram vãs. A sra. Griffiths recusava-se a permitir que a srta. Lambe manifestasse o menor sinal de fraqueza ou qualquer enfermidade que o leite de jumenta pudesse acaso aliviar. A srta. Lambe estava "sob os cuidados permanentes de um experiente médico", cujas prescrições devia seguir religiosamente. E a sra. Griffiths jamais se afastava de seu receituário, exceto em favor de umas pílulas tonificantes, sobre as quais um sobrinho seu tinha certos interesses comerciais. Foi na casa que fazia ângulo com a Esplanada que Diana Parker teve o prazer de instalar suas novas amigas; e, levando em conta que a fachada dava para o passeio preferido de todos os visitantes de Sanditon e que de um dos lados se podia ver tudo o que acontecia no hotel, não podia haver um lugar mais favorável ao retiro das srtas. Beaufort. Assim, bem antes de se haverem adestrado com seu instrumento e as folhas de desenho, elas tinham, pela frequência de suas aparições nas grandes janelas do andar de cima, para abrir ou fechar as cortinas, para arranjar um vaso de flores na varanda ou para olhar ao léu pelo telescópio, atraído muitos olhares em sua direção e levado muita gente curiosa a olhar outra vez. Um pouco de novidade faz bastante efeito numa cidade pequena. As srtas. Beaufort, que não seriam ninguém em Brighton, em Sanditon não saíam sem despertar atenção. E mesmo o sr. Arthur Parker, embora pouco disposto a esforços suplementares, sempre se afastava da Esplanada a caminho da casa do irmão e passava pela casa da esquina a fim de dar uma olhada nas srtas. Beaufort, ainda que isso lhe significasse uma boa centena de metros de desvio e acrescentasse dois lanços na subida da colina.

XII

Charlotte já estava havia dez dias em Sanditon e ainda não tinha ido a Sanditon House, todas as tentativas de visitar *lady* Denham frustradas por tê-la encontrado de antemão. Agora, no entanto, impunha-se empreender essa visita com uma determinação mais firme, em hora menos tardia, de modo a que nada fosse negligenciado nas atenções devidas a *lady* Denham ou nas distrações de que Charlotte era merecedora.

— E, se você encontrar uma oportunidade propícia, minha cara — disse o sr. Parker, que não pretendia ir com elas —, penso que faria bem em lembrar a ela a situação dos pobres Mullins e sondar sua senhoria sobre fazer uma subscrição para eles. Não sou favorável a subscrições de caridade num lugar como este, o que poderia parecer uma espécie de taxa a todos que viessem. No entanto, como o infortúnio deles é muito grande e ontem quase prometi à pobre mulher arranjar qualquer coisa para eles, creio que devamos organizar uma subscrição, e, neste caso, quanto mais cedo melhor. O nome de *lady* Denham aparecendo na cabeceira da lista será um início indispensável. Você não se importa de falar com ela a esse respeito, não é Mary?

— Farei o que me pede — replicou a esposa —, mas você faria isso muito melhor pessoalmente. Não sei bem o que dizer.

— Minha cara Mary — exclamou —, é impossível que você esteja realmente tolhida. Nada pode ser mais simples. Basta mencionar o presente estado de aflição em que se encontra a família, o pedido sincero que me fizeram e meu desejo de promover uma pequena subscrição para socorrê-los, desde que conte com a aprovação dela.

— Nada de mais simples! — exclamou Diana Parker, que os visitava no momento. — Tudo se fará em menos tempo do que estamos aqui falando a respeito. E, já que vai tratar do assunto de subscrições, Mary, eu lhe agradeceria se você mencionasse a *lady* Denham um caso bem triste que me foi relatado nos termos mais comoventes. Há uma pobre mulher em Worcestershire, em que alguns amigos meus estão vivamente interessados, para quem me incumbi de coletar tudo o que pudesse. Se você conseguir mencionar as circunstâncias a *lady* Denham, ela *pode* dar algo, se for devidamente abordada. Eu a considero essa espécie de pessoa que, uma vez decidida a abrir a carteira, está pronta a dar dez guinéus em vez de cinco. Então, se você a encontrar num momento dadivoso, poderá falar também a favor de outra obra de caridade a qual nos dedicamos de coração, eu e umas poucas amigas: a criação de uma casa de caridade em Burton on Trent. Há também a família desse pobre homem que foi enforcado no último julgamento de York... embora na verdade já tenhamos atingido a soma a que nos propúnhamos obter para ajudá-los, se você puder arrancar dela mais um guinéu para eles, seria ainda melhor...

— Cara Diana! — exclamou a sra. Parker —, para mim seria tão impossível mencionar essas coisas a *lady* Denham quanto voar.

— Onde está a dificuldade? Gostaria de poder ir com vocês, mas daqui a cinco minutos tenho de me encontrar com a sra. Griffiths para encorajarmos a srta. Lambe a tomar seu primeiro banho de mar. Ela está tão assustada, a pobrezinha, que prometi ir animá-la e mesmo entrar com ela na cabine, se ela assim o desejar. E, logo que essa incumbência terminar, quero correr para casa, pois Susan deve aplicar as sanguessugas à uma em ponto... e isso tomará bem umas três horas. Portanto não tenho um minuto a perder. Além disso, cá entre nós, eu mesma devia estar na cama neste momento, pois mal me aguento em pé; e, quando o tratamento com as sanguessugas terminar, estou quase certa de que minha irmã e eu iremos para os nossos quartos para o resto do dia.

— Lamento ouvir tal coisa, mas neste caso espero que pelo menos o Arthur possa ficar conosco.

— Se ele seguir meu conselho, irá também para a cama, pois se ficar acordado certamente irá comer e beber mais que o necessário. Veja, pois, Mary, a que ponto me é impossível ir com vocês à casa de *lady* Denham.

— Depois de ponderar, Mary — disse o esposo —, não vou lhe causar o incômodo de falar sobre os Mullins. Arranjarei uma oportunidade de estar com *lady* Denham pessoalmente. Sei o pouco que agrada ao seu temperamento impor qualquer coisa a um espírito recalcitrante.

Tendo assim retirado seu pedido, a irmã não podia insistir na defesa das solicitações que fizera; aliás, este fora o propósito do sr. Parker ao sentir todas as impropriedades desses pedidos e os efeitos nocivos que não deixariam de exercer sobre a sua reivindicação, que era a melhor. A sra. Parker ficou satisfeita com se sentir desincumbida e saiu feliz com sua amiga e a filhinha nesse passeio a Sanditon House. A manhã estava encoberta e brumosa e, quando atingiram o alto da colina, foi-lhes impossível por algum tempo distinguir que espécie de carruagem era aquela que estava subindo em direção a elas. Pareceu-lhes, em momentos diferentes, algo entre um cabriolé e um fáeton, a um ou a quatro cavalos, e exatamente quando decidiram em favor de um tandem, os olhos infantis da pequena Mary distinguiram o cocheiro, e ela se pôs a gritar:

— É o tio Sidney, mamãe, é ele mesmo.

E era de fato. O sr. Sidney Parker, conduzido pelo cocheiro numa elegantíssima carruagem, logo passou ao lado delas, e todos pararam por instantes. Os Parkers eram sempre muito expansivos entre si, e o encontro de Sidney com a cunhada foi bastante cordial; a sra. Parker tinha como certo que ele estava a caminho de Trafalgar House e que lá se hospedaria. Mas ele declinou do convite. Tinha chegado de Eastbourne com o propósito de passar, conforme as circunstâncias, uns dois ou três dias em Sanditon, mas instalaria sua base no hotel, já que estava à espera de uns amigos que iriam encontrá-lo ali. O resto da conversa girou em torno das indagações e das respostas habituais, Sidney dando carinhosa atenção à pequena Mary e um cumprimento reverencial à srta. Heywood ao lhe ser apresentada. Em seguida se separaram, mas voltariam a se encontrar poucas horas depois. Sidney Parker tinha uns 27 ou 28 anos, era bem-apessoado, tinha um ar decididamente livre e elegante, e um modo de ser muito vivaz. Esse encontro aventuroso ensejou entre elas uma conversa que durou algum tempo. A sra. Parker compartilhava de toda a alegria que a ocasião proporcionaria a seu marido e o crédito que a chegada de Sidney daria à cidade florescente. O acesso a Sanditon House fazia-se por uma passagem ampla e muito bela, bordejada de árvores, que avançava entre dois campos, conduzindo, ao fim de uns quatrocentos metros e passados os portões, a um parque que, embora não muito amplo, tinha toda a beleza e a respeitabilidade que lhe podia dar uma abundância de árvores de porte. Esse portão de entrada estava situado de tal forma num ângulo do parque ou do prado, tão próximo de um de seus limites, que uma cerca exterior quase tomava a estrada, até que um ângulo *aqui* ou uma curva *ali* restabeleciam entre eles a distância adequada. A cerca era uma paliçada digna de um parque em excelentes condições, com feixes de olmos ou fileiras de plantas espinhosas seguindo o traçado quase continuamente. O "quase" deve ser estipulado, pois havia espaços vagos, e, através de um deles, Charlotte, assim que entraram no cercado, percebeu, além da paliçada, algo branco e feminino do outro lado do campo. Foi algo que imediatamente levou à sua mente a lembrança da srta. Brereton: e, caminhando em direção à paliçada, realmente viu, e de maneira bem clara, apesar da bruma, não muito longe dela ao pé de um declive que se precipitava desde o exterior da paliçada e que um estreito caminho parecia margear, a srta. Brereton sentada, aparentemente muito sossegada, e *Sir* Edward Denham ao seu lado. Estavam sentados tão juntos um do outro e pareciam tão intimamente envolvidos numa conversação amorosa que Charlotte de imediato sentiu que não tinha outra coisa a fazer senão recuar e calar-se. A privacidade era sem dúvida o desejo deles. E Charlotte não pôde deixar de ter uma opinião desfavorável em relação a Clara. Mas a situação desta era de molde a não poder ser julgada com tamanha severidade. Charlotte ficou feliz em ver que nada tinha sido percebido pela sra. Parker. Se ela não fosse consideravelmente a mais alta das duas, as fitas brancas da srta. Brereton não teriam caído no campo visual de seu olhar observador. Entre outros pontos de reflexão moralista que a visão daquele *tête-à-tête* produzira, Charlotte não podia deixar de pensar na extrema dificuldade que existe para os amantes secretos em encontrar um local apropriado para seus encontros furtivos. Ali talvez se julgassem inteiramente a salvo de observações: o campo aberto à sua frente, atrás deles uma escarpa íngreme e uma paliçada intransponível às suas costas, e aquele tempo encoberto que os ajudava! E mesmo assim ela os tinha visto. Estavam realmente sem sorte. A casa era ampla e bela. Dois criados apareceram para recebê-las, e tudo tinha um ar de ordem e bem-estar. *Lady* Denham se vangloriava da amplidão de sua casa e demonstrava grande alegria com a classe e a importância de seu estilo de vida. Foram levadas à sala de visitas habitual, bem-proporcionada e bem-mobiliada, embora houvesse ali móveis que tinham sido belos originalmente e que foram bem-conservados, em vez de móveis novos e ostentosos. E, como *lady* Denham ainda não estivesse lá, Charlotte teve tempo disponível para olhar ao redor e saber por meio da sra. Parker que o retrato de corpo inteiro do imponente senhor suspenso sobre a lareira e que atraía imediatamente o olhar era o de *Sir* Henry Denham; e que uma das inúmeras miniaturas que havia em outra parte da sala, pouco visível, representava o sr. Hollis. Pobre sr. Hollis! Era impossível não sentir que o tratavam muito mal: ser obrigado a ficar em segundo plano em sua própria casa e ver o lugar de honra, sobre a lareira, ser ocupado por *Sir* Henry Denham.

Sobre a autora

Jane Austen nasceu em 1775 na cidade de Steventon, na Inglaterra. Filha de um reverendo anglicano, teve uma educação primorosa. Cresceu em uma época de extremo puritanismo e conseguiu sobreviver à atmosfera de mediocridade que a cercava graças ao seu incontestável talento para a escrita. Tendo começado a se dedicar às suas narrativas em absoluto segredo, criou, com seu estilo ímpar, uma literatura atemporal, repleta de ironia e senso crítico.

Razão e sentimento foi o seu primeiro romance publicado, no ano de 1811. Em 1813, surgiu *Orgulho e preconceito*; em 1814, *Mansfield Park*; e, em 1815, *Emma*. Em 1818, vieram a lume *A abadia de Northanger* e *Persuasão*, como obras póstumas. Jane Austen faleceu em plena glória, no ano de 1817, quando seu admirável talento foi reconhecido no país inteiro. Tornou-se uma das maiores representantes do grande romance inglês, do porte de Shakespeare, Charles Dickens, Charlotte Brontë e Daniel Defoe.

Editoras responsáveis
Janaína Senna
Maria Cristina Antonio Jeronimo

Produção
Adriana Torres
Ana Carla Sousa

Produção editorial
Mônica Surrage

Revisão de tradução
Ângelo Lessa

Revisão
Luana Luz

Diagramação
DTPhoenix Editorial

Este livro foi impresso no Rio de Janeiro, em maio de 2013,
pela RR Donnelley, para a Editora Nova Fronteira.
A fonte usada no miolo é Bembo Std, corpo 11,5/15,8.
O papel do miolo é avena 80g/m², e o da capa é cartão 250g/m².